Masato

岩城けい

JN211149

集英社文庫

Masato

目次

Masato

1　新しい学校

オーチャード・クリーク小学校は、ぼくの家から歩いて五分のところにある。金曜日の朝、お母さんはお皿を一枚、ビニール袋に入れて持たせてくれた。前の日、お知らせのプリントを渡された。12番教室のジョシュア・ファーリーくん（五年生）がクイーンズランドに引っ越すので、明日は彼のお別れパーティーをクラスで開きます、お皿を各自持ってきて下さい、って書いてあったらしい。お母さんが言った。おもしろいわね、こっちの学校は。パーティーにお皿を持ってきなさいだなんて。

かばんを背負って、プラスチックのお皿の入ったビニール袋をブンブン振り回しながら歩いて、学校に着いた。教室の外側の壁にずらっとフックがあって、そのなかのひとつ、Masatoって書かれたシールがはられたフックにかばんをかける。お皿をビニール袋から出して教室に入る。窓際のロッカーのうえは食べ物でいっぱいだ。ハムサンドやソーセージロール。カラフルな砂糖をまぶしたカップケーキ、ポテトチップスやチョコレートだってある。大きな、食べ物ののったお皿が並んでいた。

あっと思ったときにはおそかった。エイダンがぼくのからっぽのお皿をめざとく見つけて大声をあげた。もちろん、なにを言っているかわからなかったけれど、あいつの顔がこう言ってた。こいつ、ばっかじゃねえの！


一ヶ月くらい前、ぼくたち家族はオーストラリアにやってきた。お父さんは車関係の仕事をやっていて、会社の命令でここにきた。しばらくホテルに住んだあと、家を借りた。お母さんはこっちにきてから家でずっと引っ越しの片づけ。いつまでも片づかなくていやになる、って言ってる。ときどきお父さんと同じ会社の日本人がくる。日本人のおばさんたちもくる。お姉ちゃんは来年の高校受験にそなえて、現地校には行かずに、日本人学校に通っている。ぼくは地元の公立の小学校の五年生に転入した。日本では六年生になるはずだった。いやだわ、まるで落第したみたいじゃないのってお母さんはすごくいやそうだった。でも、ぼくは三年生か四年生でもよかったと思ってる。ぼくのクラスは、五年生と六年生がまざっている。

学校の勉強でまともについていけるのは、算数の計算問題だけ。もともと算数は好きだし、計算問題は得意だから、それだけいつも一番だけど、ケルヴィン・チョウにはときどき負ける。ケルヴィンは頭がいいから、クラスのみんなから一目置かれているし、ピアノがすごくうまい。音楽の時間はいつも先生に言われて、ケルヴィンがキーボードで歌の伴奏をする。ぼくのお父さんの会社で作っていそうな、でもぜったいにお父さんには買えそうにない高そうな車で学校に送り迎えされている。ぼくは、そんなケルヴィンにくっついて歩いてる。同じような顔かたちや髪の毛の色をしているだけで一緒にいると安心する。とくに、エイダンみたいなやつが近くにいるときは。だから、このときも、ぼくはとっさにケルヴィンの姿を探したけれど、見当たらなかった。

「見ろよ！　×××！」

とエイダンがクラスのみんなに向かって叫ぶ。見ろよ、の次は、わからない。知りたくない。でもあいつが何回も繰り返すので、覚えてしまった。先生はまだ来ていない。エイダンは、ぼくからプラスチックのお皿をとりあげると、教室のまんなかまで走っていって、いちばん大きなテーブルの上に飛び乗った。みんながエイダンを目で追う。

ナーナナナーナー！　ヤーヤヤヤーヤー！

いやなことがぜったいにはじまる、おきまりのメロディーが彼の口からながれる。ぼくは、あいつのでっかい手で心臓をつかまれたみたいにどきっとなる。周りのみんながどっと笑う。ぼくのほうをいっせいにふりかえる。みんなの目がぼくを欲しがっている。こんどはぎくっとなる。エイダンはテーブルから飛びおりるとぼくのロッカーからぼくの色鉛筆やノート、のり、はさみ、とにかくありったけのものを出してきて、皿の上にのせた。そして、またテーブルに飛び乗った。お皿を頭の上にのせ、体をくねらせて、

ナーナナナーナン！　ヤーヤヤヤーヤン！

と大声で叫びながら踊る。プラスチックのお皿が床に落ちて大きな音がした。色鉛筆がばらばらと降った。その一本を拾って鼻の穴に突っ込む。みんながさらに大笑いする。エイダンは、今度はズボンを下げて、お尻をみせてたたく。それから、両手で両目をキツネみたいにつり上げて、ぼくを指さす。×××！「このバカ」ってまた

言った。クラス中が大爆笑。エイダンがスシ、スシ、と呪いの呪文みたいに叫ぶ。クラスのみんなもそれにあわせて、スシ、スシ、スシ、と笑いあえいでいる。はやし立てる。

ケルヴィンがやってきた。ぼくは目で彼に助けを求めたけれど、彼はその騒ぎをちらっと見ただけで、ぼくと目を合わせようともしない。ケルヴィンだって、ちゃんと食べ物ののった皿を持ってる。ショックだった。

スシ！　スシ！　スシ！　いつのまにかクラス中がいじわるな大波にゆさぶられている。ぼくはもういちどケルヴィンを見た。クラスの騒ぎにおかまいなしで、自分のロッカーから大人っぽい表紙の本を出してきた。本読みの宿題をケルヴィンは家に持って帰らないで、朝、授業がはじまる前に済ませてしまう。ぼくは英語ができない子のクラスで、一、二年生用の、テントウムシのマークがついた本を読まされている。今日をかぎりに転校していくジョシュも、エイダンのとなりでふざけた踊りをやっている。

スシ！　スシ！　スシ！

ナーナナナーナー！

スシ！　スシ！　スシ！

ヤーヤヤヤーヤー！

エイダンが体をゆすって踊ったので、テーブルがガタガタゆれた。お母さんが水筒を入れるために作ってくれた巾着袋《きんちゃくぶくろ》がテーブルの上に落ちた。エイダンがそれをわざと踏みつける。何度も、何度も。ぼくはテーブルの上にのって、エイダンにつかみかかった。女の子がキャーと叫ぶ。始業のベルが鳴った。マサァトゥ！　マサァトゥ！　マサァトゥ！　と先生の声がする。いつまでたっても、何度呼ばれても、自分の名前にきこえない。エイダンがぼくの髪の毛をひっぱったり、頭を両手でたたきまくる。ぼくはエイダンの靴下の上から足首にかみついた。そしたら、足で背中を思いっきりけられた。二人でテーブルから落ちて、ぼくは膝をすりむいた。おまけに顔をあげた瞬間にあいつの頭がぶちあたって、鼻血がでた。フラナガン先生の白いブラウスに赤い水玉模様がついた。

エイダンとぼくは校長室に呼ばれる。さっきからトイレに行きたいんだけれど、言えない。校長先生の質問にエイダンがずっと答えている。ぼくは、なにも言うことがない。なにを質問されているかわからない。トイレに行きたい。エイダンが、靴下の破れたところを校長先生に見せている。トイレット、とぼくは言いかけて、マサァトゥ、マサァトゥ、マサァトゥ、とエイダンが何回も言うので、びくっとなる。こいつ、ぼくがぜんぶ悪いって言ってるに決まってる。顔がかぁっと熱くなって、パンツのなかが生あたたかくなる。エイダンはフラナガン先生に連れられて部屋の外へ出ていく。

校長先生がぼくに話しかける。こっちにくる前、英会話スクールに通わされたけど、あんなふうにゆっくり話してくれないし、おなじ英語にきこえない。マサァトゥが自分の名前ということしかわからない。ノー、マサト。ノー、コール、マサァトゥ。ノー、ノット、ミー・マイ・ネーム。ノット・マイ・ネーム。ノー、スシ。ノー、マサァトゥ。のどにつかえていたかたまりがうまくはき出せなくて、こなごなにくだけてのどの奥から目と鼻に流れていく。ひとつぶ、ふたつぶ、ほっぺたから落ち、鼻の先からさっきの鼻血の混じった鼻水がたれた。

校長先生が椅子から立ち上がって、ぼくのそばに来て肩を抱く。オー、マサァトゥ。

オー、ボーイ。ものすごく困った顔をしている。フラナガン先生が帰ってくる。オー・ノー、マサァトゥ、ダーリン。ティッシュでぼくの涙と鼻水をふいてくれる。こっちもすごく困った顔。ぼくだって、すっごく困ってる。フラナガン先生のブラウスの胸元の赤い水玉の上にこんどは透明の雨がふる。ごめんなさいってなんて言うのかくらい知ってる。それなのに、アイム・ソーリーが出てこない。エイダンのやつが悪いんだ！　受付のミセス・カーがバケツとぞうきんと替えのパンツを持ってやってくる。ぼくを見て、パンツを見て、ミセス・カーもすごく困った顔。あんな小さなパンツ、入らない。部屋をでていったかと思うと、こんどはメンテナンスのおじさんを一緒に連れてくる。

おじさんは自転車でどこかへ行った。ミセス・カーが貸してくれた予備のズボンに保健室ではきかえようとしたら、おじさんがまた現れた。はあはあと息がきれてる。新しいパンツをぼくにくれる。3ドル99セントって値札がついてる。おじさんが困った顔をした。洗面台のところにかかっていたぬれた靴下を見て、こんどはじっとぼくを見て、なんにも言わないで、ぼくの頭をくしゃくしゃって、でっかい手でなでた。おじさんは、また自転車でどこかへ行った。おじさんのくれたパンツにはきかえた。こっちのパンツって前が開いてない。だから、こっちの子って「小」のときでも、わざわざズボンを下ろしてお尻丸出しなのかって思った。しばらくして、ベッドに腰掛けていたら、様子を見に来たフラナガン先生が新しい靴下をくれた。裏に1ドル99セントトってシールがはってあった。

フラナガン先生と一緒に教室に戻る。五、六年生全員でジョシュのお別れパーティーをやっている。ジョシュは朝のことなんかまるで忘れたみたいな晴れ晴れした顔で、今日の主役になりきっている。エイダンがこっちを見て舌を出した。

ケルヴィンと目があった。彼のとなりはぽっかり空いている。ケルヴィンのとなりにしかない空気の椅子。ケルヴィンはぼくから目をはなさない。ちょっと迷ってから、ぼくは自分の椅子をケルヴィンのとなりに置いて座った。

ぼくたちはなにも言わない。一緒にいるだけ。ぼくはなんて言ったらいいかわからないし、たぶん、ケルヴィンもなにを言ったらいいのかわからない。前のほうでは、なにかのゲームをやっている。ときどきわっと声があがる。ぼくはなんのことかわからなくって笑えない。ケルヴィンはたぶんおもしろくないから笑わない。先生がキーボードを準備し始めた。いつものようにケルヴィンが弾くにちがいない。心臓がドキドキしてくる。ぼくは、おもいきって声をかける。

ケルヴィンはぽかんとしてぼくを見た。ゲームが終わって、ケルヴィンが先生に呼ばれて、キーボードを弾き始める。みんなでいっせいに歌を歌う。教室の真ん中には、クラス全員からのプレゼントを渡されて照れているジョシュ。ぼくはその歌をきいたこともないし、歌えないから歌わない。ケルヴィンはキーボードを弾いているけれど、口元は動いていない。歌が終わって、いっせいに皿が——、つまり食べ物がテーブルの上に置かれる。

みんな口いっぱいにほお張っている。ケルヴィンが自分の皿を持って、ぼくのところへ来た。だれも、ケルヴィンの皿から食べようとしない。もちみたいな、まんじゅうみたいな、みたことないやつ。ぼくはそのちょっとへんなものに手をのばす。ケルヴィンはぼくが食べるのをじっと見ている。休み時間のベルが鳴る。みんながわっと外に飛び出す。ケルヴィンがぼくの手からそれをひったくって皿にもどし、残りと一緒にぜんぶゴミ箱にぶちまける。そして、空になった皿をロッカーにがちゃんと放り込んでから、みんなとおなじように外に飛び出していく。ドアのところで立ち止まって、ぼくに向かって叫ぶ。カム・オーバー・ヒア！

ぼくは、ウサギみたいにケルヴィンのところまで走った。

家に帰ると、お母さんが料理していた。今日は学校楽しかった？　ってお母さんはきくけれど、ぼくのほうは見ていない。お鍋のなかにはおでんが煮えている。おはしでこんにゃくをつきさしながら、今日はまあくんの大好きなおでんにしたの、松浦《まつうら》さんのおくさんに教えてもらった日本食品のお店までわざわざ行ってきたんだから、これ、とっても高かったのよぉ、と言う。お母さんは料理がとてもうまい。今日は黄色と水色のしましまのエプロンをしている。お母さんはエプロンを二枚持っていて、ぼくはこっちのほうが好きだ。ポケットのところにテントウムシのアップリケがついてる。小さかったころ、ここによくほっぺたをくっつけた。ちょうどお母さんの手がそこにあって、あら、まあくん、どうしたの、って頭をなでてもらうのが好きだった。

お母さんは、お鍋のふたを脇において、今日もぜんぜん片付かなかったわ、でもまあ、そのうちに、と言いながら、冷蔵庫の横にある引っ越しのときの段ボール箱から大皿を取り出す。そこへおでんを盛りつけていく。こんにゃく、じゃがいも、牛すじ、卵。パーティーのお皿だ。ケルヴィンのお皿だ。こんなの、こっちじゃ、だれも食べやしない。

お母さんが動くたび、エプロンのテントウムシが右へ左へと動く。このごろテントウムシを見るといやな気持ちになる。真人《まさと》の好きながんもは売ってなかったのよ、ごめんね、とお母さんはあやまる。お母さん、とぼくは呼びかける。お母さん、あのね。

　お母さんが顔をあげてぼくを見た。台所いっぱいにおでんのいいにおいがしている。お姉ちゃんがマンガを読みながら、げらげら笑っている。テレビはＮＨＫのニュース。松浦さんのおくさんのだんなさんがこのあいだ来たときに、アンテナ屋さんを呼んで衛星放送のアンテナをつけてくれた。それからずっとＮＨＫばっかりで、こっちのテレビをみたことがない。「連日、真夏のような気温が続いております」ってアナウンサーの声がしている。半袖でアイスキャンディーを食べているぼくとおなじくらいの子供が映っている。画面のこっちがわでは、ぼくが制服のうえからセーターを着ている。翔太《しょうた》や拓也《たくや》はいまごろどうしてるかなって思う。一回だけ、翔太がスカイプしてきた。おまえってラッキーだよな、オーストラリアかぁ、なあ、もう英語ペラペラになったんだろ？　なんかしゃべってみろよ。ガイコクジンの友だちもいるんだろ？　金髪のさ。ぼくは、うん、ってなるべくふつうに答えておいた。そろそろゴールデンウィークだな。夏休みには、学校のプール開放にいったり、夏祭りにいったりするのかな。あいつたちは私立にいくから、今年はそんなことやってられないだろうな。画面にこんどはジュースを飲んでる小さな女の子が映った。翔太と拓也、塾のあとで、いつもみたいに自販機でジュース買って飲んでるのかな。こっちはほとんど冬。学校にプールはないし、塾なんかない。自販機もない。それに、そんなこと一緒にする友だちなんかいない。友だちになりたくっても、どうしていいかわかんないし、みんなが何言ってるかぜんぜんわかんない。エイダンみたいなやつもいる。他の子には無視される。こいつ、まだいたのか、っていう顔をされる。ケルヴィンが見当たらないときは、ランチもひとりで食べて、教室でもひとりでいて、休み時間も、校庭の水飲み場のベンチにひとりで座ってみんながオーストラリアのフットボールやっているのを見る。いまだにルールもわからない。授業では、かろうじて同じテーブルの女子が、マサァトゥ、って声をかけてくれるときがあるけど、ゲームとかプロジェクトとかさせられると、だれもぼくとペアになりたがらない。

テレビの前で寝そべっていたチロが立ち上がって、ゆっくりとぼくのほうへやってきた。湿った真っ黒な鼻先をぼくの膝のばんそうこうのところに押しつける。ばんそうこうをぺろりとなめた。東京から連れてきた、ぼくの犬。

お母さん、あのね、ってもういちど言う。なあに、まあくん。エプロンのテントウムシもお母さんと一緒に止まってぼくを見た。どうしたの、血がついてるじゃない。

お母さんは、ぼくの鼻の穴の縁に乾いた血のかたまりを見つけて、指をのばそうとした。それにさわられたくなくって、ぼくは体を少しよじった。満月のお月さまが雲にかくれるみたいに、お母さんの顔がさっとくもった。

「お母さん、あのね」

お母さんはぼくの顔をのぞき込んだ。ほら、目をパチパチするの、やめなさい、って怒られる。チロがあったかい舌で、今度はぼくの手をなめた。ぴたっ、ぴたっ、ぴたっ、ってチロの舌が指先、指のあいだ、手の甲に這《は》い上がっていくにつれて、ぼくの目の周りがじわじわ滲《にじ》んでくる。お別れパーティー、どうだった、とちょっと心配そうにお母さんがきく。ぼくは、プラスチックのお皿をお母さんに返す。お皿の上に、お皿を入れていたビニール袋をのせる。メンテナンスのおじさんが洗ってくれたパンツと靴下が濡《ぬ》れたまま入ってる。お母さんが、目を丸くした。

まあまあだったよ、とぼくはなるべくふつうに答える。

ひざまずいて、チロの背中に顔をうめながら。

2　赤いポロシャツ

火曜日のお昼には体育がある。週に一度のこの時間だけ、吹き抜ける風の声がきこえて、ぼくを木の葉みたいにざわめかせたり、メンテナンスのおじさんが刈ったばかりの芝生のいいにおいを届けてくれる。教室の外では読むことも聞くことも話すことも書くこともしなくっていい。まわりでなにが起こっているのかわからなくても、このときだけは体を動かして跳ね返すことができる。おひさまと空と雲、足下の土や石ころはみんなぼくの味方だ。

体操着は朝、家から着ていく。だから、火曜日は一日じゅう体操着。体操着のポロシャツはグループごとに色分けされている。転入した日、ぼくは赤組だといわれたから、学校のオフィスで赤いポロシャツをお母さんが買ってくれた。体操着で出かけようとするぼくを眺めて、こっちの学校って、要領がいいっていうのかしら、おおざっぱっていうのかしら、って火曜日にはお母さんはかならずそう言う。赤いポロシャツの左胸にはオーチャード・クリーク小学校の校章がプリントされている。ほんとは青がよかったけど、赤でよかった。ケルヴィンも赤組だから。

ケルヴィンと一緒のグループなのは助かったけれど、もうひとりへんなのが一緒。ノアっていうやつ。日本でこんなに太ったやつ、見たことない。いつも笑っているような泣いているような顔をしている。グループに分かれて、バスケットとかクロスカントリーをやるとき、赤組はノアのせいで毎週のように最下位になる。そんなノアだから、他の子たちはいろいろと文句を言う。のろまがいるからいつも負けるとか、あんなデブ、とか、けっこうひどいこと言ってるんだって、最近になってわかるようになった。みんなの顔を見ていたら、悪口だってことはわかってたけど。それに、もしちゃんと話すことができたら、ぼくだって他の子と一緒になって、ノアのことをのろまとかデブとか言ってしまうかもしれない。のろまとかデブってどのみち目立つ。それに、ぼくにしたら体育だけが楽しみだっていうのに、いつもいつも、あいつのせいで赤組が最下位になって、青組や黄色組にからかわれるんだ。

体育の時間が終わって、ランチを食べ、ケルヴィンとぼくは中庭にでて鉄棒にぶらさがったりした。ケルヴィンはあんまりしゃべらない。ぼくはしゃべれないからしゃべらない。鉄棒でさかさまにぶらさがっていたら、ノアが中庭の隅っこでしゃがみこんでなにかやっていた。ズボンがずり下がっていて、ピンク色のお尻が丸見えになっていた。ブタがなにかやってるぜ、とケルヴィン。ひょいと鉄棒からおりて、ケルヴィンはかけ足でノアのほうへ向かった。ぼくはそのあとを追った。

フェンスの際でノアはひとりきり、なにかを拾っていた。なにやってるんだよ、とケルヴィンがノアにきく。ノアは片手を広げて見せた。なかにはいっぱいダンゴムシが入ってた。ノアが「スレーターズ」って言った。二十匹はいた。ノアのとなりにしゃがみ込んで、ぼくらもダンゴムシもしくはスレーターズを探して集めた。白っぽいやつ、背中に模様があるやつ、ちょっと青くなってるやつ。手のひらにのせると、足がわさわさと動いて、まっすぐに進んだりジグザグに進んだりする。

ランチタイム終了のベルが鳴った。ケルヴィンが立ち上がって、行こうぜってぼくに言う。ちょっと惜しいけど、ぼくは集めたスレーターズを手のひらから地面に振り落とす。ノアは、草のしげみにそっと放す。ノアのぽってりした手のひらから、黒い虫たちが地面と草のあいだにわらわらと広がった。おひさまの光があたると、まだ草の上に残っていた朝露がきらきら光る。スレーターズの黒い背中もぴかぴか光る。ケルヴィンが、それを足で踏みつぶす。ぺっしゃんこになったスレーターズはいっぱい足があるのに、もう前に進めない。ノアの顔が真っ赤になっている。ケルヴィンはぼくに目配せする。おまえもやれよって言ってる。やらなかったら、もう一緒に遊んでやらない、って言ってる。耳の付け根のところがバクバクして耳鳴りがした。息をとめて、ぼくはノアの逃がしたスレーターズめがけて、片足を踏み降ろす。

体育のある日は、放課後にスポーツ教室っていうのがある。町のバスケットボールチームのお兄さんとか、クリケットクラブのコーチとか、テニス教室のベテランのおばさんとかがボランティアで教えてくれる。スポーツをやりたい子は、学校に残って、どれでも好きなグループに入れる。ぼくはサッカーのグループに入ってる。

ケルヴィンは火曜日のスポーツ教室に来たことがない。終業のベルが鳴るころには、ケルヴィンのお母さんが必ず教室の外で待っていて、ケルヴィンはひきずられるようにして車で帰っていく。それが、あんまりすばやいので、遊ぶ約束なんかするひまがない。だいたい、ちょっと変わってる、ケルヴィンは。バーベキュー・ランチでソーセージが食べ放題の日に「ピアノのコンテスト」で午前中だけ来て早退したりする。私服を着てきていい日にも制服。体育の授業でプールに行く日に、「水着を持っていない」って言って、学校に残る。このぼくでも知っている「スパイダーマン」さえ知らない。九九は十二の段までかんぺきなのに。

サッカーではあのエイダンと一緒になった。エイダンはとびぬけてでかいから、いつもはぼくとは違うグループに入れられている。もしエイダンと同じグループだったら、サッカーなんかやらない。でも、今日はなぜかあいつが同じグループに入れられていて、一緒にプレイしなきゃならなくなった。ぼくの顔を見るなり「スシ！」ってどなる。パチパチまばたきをするマネをする。きわめつけは「おもらし小僧！」。まわりのとりまきが笑う。はっきり、あいつたちが何言っているのかわかったから、ぼくは顔がかぁってなるのが自分でもわかった。おい、スシ・ロール！　どこだ、おまえの双子の相棒は？　スプリング・ロール《春巻き》は？　ティーチャーズ・ペット《先生のお気に入り》は？　ふざけて、エイダンがピアノを弾くマネをする。

試合が始まって、案の定、エイダンとそのとりまきたちがボールをひとりじめにして、ほかの子にパスしない。相手チームが奪いにいこうとするけれど、そろいもそろってみんなでかいので、追いかけるだけでせいいっぱいだ。コーチはエイダンたちに向かって、いいチームワークだ、なんてほめている。今日はつまんないな、と思ったとき、ゴールの近くにいたぼくのところへボールがやってきた。

思い切ってシュートしようとした瞬間、エイダンがボールじゃなくってぼくの向こう脛《ずね》を思いっきり蹴っ飛ばした。レガースをしてたけど、あまりの痛さにぼくはひっくり返った。そこへジェイコブが脇から走ってきて、うまくシュートした。ジェイコブの肩をかりてようやく立ち上がったとき、スシ！　このバカ！　ってエイダンにまたどなりつけられて、ぼくの怒りは爆発した。後ろからつかみかかって、あいつのショートパンツを引き下ろした。おしりが丸見えになった。反対側にいた女子たちがむきだしのおしりの反対側を見て、キャー！　と叫び声をあげて逃げていった。ついでに、このバカ！　って、エイダンがさっき言った言葉をそのままマネして、エイダンの背中めがけてどなり返した。ショートパンツをあたふたと上げながら、エイダンがコーチに向かってぼくを指さし、マサァトゥが言っちゃいけない言葉《こ の バ カ》を使いましたって大声で言いつけた。コーチが来て、ぼくをにらみつけると、そんな言葉を使ったのかってきかれた。だんだんとゆがんでいくぼくの視界の遠く、目のはしっこに、フェンスの際でうずくまっているノアの大きな丸い背中が見えた。あいつ、またダンゴムシを集めてる。

ぼくはアイム・ソーリーって口に出してつぶやく。それをきいたエイダンが勝ち誇ったようにぼくを見下ろしている。ぼくは心の中でつぶやく。おまえに言ったんじゃない、ノアに言ったんだぞ。それから、スプリング・ロールだのティーチャーズ・ペットだの、ケルヴィンのことをあんなふうにからかうな。ケルヴィンだって、ピアノを好きでやってるわけじゃないと思う。ランチには、いつでも売店でソーセージロールを買って食べる。こんなに持ってるんだぜって、フットボール《フッティ》の選手のカードをコーンフレークの箱におまけで入ってて、いま学校じゅうの男子のあいだで集めるのがはやってるやつ──をこっそり見せてくれたりする。きっと、フッティをやってみたいんだと思う。それなのに、ピアノやらされているんだ。英語がしゃべれたらコクサイジンになれるとか、いい仕事につけるとか言われて、ぼくがこんな英語の小学校に行かされているのと同じで、たぶん、お父さんとお母さんに、ピアノが弾けたらかっこいいとか、将来、得するとか言われてるんだ。わぁーっと声をあげて、ぼくはエイダンにもういちど飛びかかった。

校長室にお客さん用の椅子がふたつあるのは、こういうときのためなのかなとぼくは思う。ひとつは、ケンカしたふたりを座らせるため。もうひとつは、親と子を座らせるため。さっきまでぼくのとなりにいたエイダンのこめかみには血がにじんでいた。ぼくが爪で思いっきりひっかいたところ。そしていま、ぼくのとなりにいるお母さんのこめかみには、汗の玉が浮いている。今日は、ぼくがエイダンにケガさせたから、お母さんも校長室に呼ばれてる。エイダンのお母さんがエイダンを迎えに来て、ぼくのお母さんをにらみつけて帰った。

校長室ではみんなぼくを見ると困った顔になる。でも、お母さんはぼくを見ると一瞬、ほっとしたような顔をした。ときどき、イエス、イエス、オーケー、ソーリー、って、校長先生に向かって、消え入りそうな声で、おんなじ返事をいつまでも繰り返す。だいたいエイダンが先に言っちゃいけない言葉を言って、こんなことになって、エイダンにケガをさせたのはこのぼくなのに、なんでお母さんがそんなにあやまるのかって、なんでエイダンのお母さんにまでにらまれるのかって、また頭の中がかあっとなる。でも、ぼくと同じで、はやくここから出て行きたいから、お母さんはとりあえずソーリーってあやまるしかない。まあ、子供のことですからね、相手の子もやんちゃでしてね、いろいろちょっかいかけるんでしょう、と校長先生がたぶんそう言っている。でも、マサァトゥ、言っちゃいけないことは言わない、やっちゃいけないことはやらない、いいね？　と今度はぼくに向かって言う。これはちゃんとわかる。わかるから、ぐさりとくる。ぼくはほんとにかなしくなってあやまりたくなる。

――ソーリー、ミスター・ガイナン。アイム・ソー・ソーリー。

お母さんと一緒に校庭に出る。スポーツ教室が終わったところで、ジェイコブがすれちがいざま、じゃあな、って声をかけてきた。体育で青組のジェイコブはヘディングなんかもやれて、ぼくにパスを回してくれることもある。すごく人気があって、みんなからジェイクって呼ばれてる。うん、またな、ジェイク、ってぼくも声をかける。

子供っていいわね、なんの苦労もしないで、あっというまに話せたりするようになって、本当にうらやましい、ってお母さんがぼそっと言う。お母さんには英語をしゃべる友だちがまだいない。ぼくが英語をしゃべれるようになってきたのは、ケルヴィンみたいな友だちができたからだ。教室でも、フラナガン先生が「マサァトゥは日本からきたので、まだ英語が上手じゃありません。想像してみましょう。明日、みんなが日本に行って、英語が全然通じなかったら？　ね？　大変でしょう？　だから、みんなマサァトゥを助けましょう」みたいなことを言ってくれてからは、意地悪してくるやつよりも優しくしてくれる子のほうが多い。

お母さんのひとりぼっちでうつむいた顔を見ていると、ぼくだってそうだったよ、って言ってあげたくなる。お母さんがひとりぼっちなのは、なんだかぼくのせいのような気がしてくる。

おひさまがだいぶ低くなって、ぼくらをだいだい色に染める。お母さん、ちょっと待ってて、と言ってぼくはフェンスの際でまだダンゴムシ集めをやっていたノアのところへ走っていった。声をかけると、ノアはゆっくり立ち上がり、中途半端に首をかしげた。おしり、出てる、とぼくが言うと、片手でズボンのゴムのところをひっぱりあげて、もどかしそうに、もう片方の手をぼくにさしだした。ぶあつい、ふかふかの手のひらでダンゴムシがいっぱいうごめいていた。あったかくてやわらかそうな、虫の喜びそうな手。やせっぽっちのぼくやケルヴィンとちがって、なにをやらせてもノアにかかるとスローモーションになる。数歩はなれたところに、ランチタイムにケルヴィンとぼくが踏みつぶしたダンゴムシが転がっていた。

これ見てよ、とノアは手のなかの一匹をつまみあげると裏返しにした。白ゴマみたいな小さな赤ちゃんが腹ぜんたいにびっしり張りついている。かわいいだろう、ってノアが笑った。ダンゴムシはみんな、夕日を浴びて、黒い体をさらに黒く光らせていた。夜がきたら、夜空に溶けだして、ダンゴムシはダンゴムシでなくなって、ただの暗闇になる。また明日、とノアはダンゴムシにさよならを言って、またしゃがむと手のひらにいた仲間たちを地面に放す。そのうえから草むらの草を手のひらでなでた。そおっと、慎重に。こうすると、もうだれにもわかんないだろ？　って、ノアは立ち上がってぼくのほうをふり返った。ノアがいつもの笑っているような泣いているような顔でぼくを見つめる。芝刈り機の音が近づいてきた。メンテナンスのおじさんがすぐそばで芝生を刈っていた。ぼくはおじさんのほうをちょっと見た。やべえ、ピーターだ、ってノアがあわてて逃げ出す。みんなピーターは汚い作業着着てるから臭いとか、冬でも日焼けして真っ黒だし、しゃべらないからこわいとかって言う。ノアはもう一度、草むらの草をていねいになでつけて、もたもたと校庭のほうへ走っていった。

ノアはほんとに虫が好きなんだなってぼくは思う。ぼくも虫が好きだ。ノアに、ぼくが知っている日本の虫を教えてあげたい。

夕焼けが、道を歩くお母さんとぼくのあとからついてくる。群青色《ぐんじょういろ》がにじみだした空に、うすっぺらな紙のようなお月さまが浮かんでる。アスファルトの上にお母さんとぼくの影が長く伸びていた。それを踏みながら家まで歩いた。まあくん、こっちの学校に慣れた？　ってお母さんにきかれたとき、アスファルトの割れ目にトカゲのしっぽを見つけた。しっぽはすぐしゅっと消えた。ぼくはどきんとなって、言いかけた答えをひっこめた。

　ぼくにもあんなしっぽがあればいいのに。体はみえなくっても、しっぽだけでそこにぼくがいるってわかればいいのに。みんなと同じポロシャツを着てるのに、「スシ」とか「このバカ」とか「おもらし小僧」とか言われる。ぼくも目立たないようにうまくみんなのなかにまぎれこんでしまいたい。でも、そうやって見つからないようにって、体を縮めて息をひそめて隠れてばかりいると、おひさまや空や雲があることも忘れてしまうかも。草いきれのマーチ。赤土のぬくもり。朝露のくさり。冬の日、はらりと落ちるさいごの木の葉。チロの首もとのやわらかい毛並みと東京のなつかしいにおい。ぜんぶ、ぜんぶ、ぼくを、すりぬけていってしまう。だれもぼくがそこにいることに気づいてくれはしない。それはもっといやだ。

　お母さんは歩きながら、あれほど校長先生がくわしく説明したはずなのに、エイダンといったい何があったのか、しつこくききたがる。知らなくてもいいことばかりお母さんは知りたがる。それに、こっちで起きたことを日本語にするのって、けっこうめんどうくさい。おおまかなところは日本語になおせるけど、細かいところはぴったりくる日本語が思い浮かばない。だって、英語にしかない言葉があるから。たとえば、こっちの「このバカ」と日本語の「このバカ」ってぜんぜんちがう。「このバカ」はこっちでは校長室行き。でも日本だと校長室どころか職員室にも行かなくていい。イライラしているところへ、お母さんがまたきくので、エイダンとケンカした、ってぼくはなるべくふつうに答える。せっかくできたお友だちになんてことしたの、って怒られる。真人、ほら、また。まばたきするの、やめなさい。このごろしょっちゅうまばたきするって叱られる。自分でもわかんないんだよって叫び出したくなる。まあくん、わかった？　お母さんがぼくをのぞき込んだ。わかったよ、ってぼくはなるべくふつうに答える。

しばらくして、ぼくのうしろを歩いていたお母さんがくすっと笑う声がした。ぼくはちょっと驚いてお母さんのほうをふりかえる。こっちにきてから、お母さんが笑う声をはじめてきいた。ほら、真人にはつむじがふたつある。お母さんの細い人差し指がすっとのびて、ぼくの頭のてっぺんを指さした。幼稚園でみんなとお遊戯していても、授業参観にいっても、うしろから見ると真人だって、お母さん、すぐわかるんだから。つむじがふたつあるとへそ曲がりだって人は言うけれどね、でも、いいじゃない。どうしていいの、ってぼくはお母さんにきく。つむじなんか自分では見られないし、ひとつでいい。ぼくはみんなと同じになりたい。

家がすぐそこに見えて、庭にいたチロがぼくに気づいて吠《ほ》えた。

つむじ、ふたつあるのがどうしていいの、ってぼくはもう一度、お母さんにきく。

ざらついた風にのって、お母さんの声は小さなあかりをぼくのまわりの暗闇に灯《とも》した。

「だって、まあくんの目印なんだから、それ」

3 サッカークラブ

あいつと遊んでみたいな、友だちになりたいなってずっと思ってた。木曜日の放課後、家の近くのグラウンドであいつを見かけると、声をかけてくれないかなって期待してた。グラウンドではサッカーをやっている。学校のスポーツ教室で、ほかの子はぼくがどんなにいいポジションにいたって見向きもしないけれど、あいつだけはパスしてくれる。このあいだは、サッカーシューズを忘れたから家に取りに帰ろうとしたら、あいつが貸してくれた。あいつはふつうのスクールシューズでプレイしてたけど、ドリブルも見とれるくらいうまかった。

ぼくも東京ではサッカークラブに入ってた。コーチから「真人はパスが正確だ」ってほめられたこともある。またクラブに入ってサッカーしたいなと思う。スポーツしているあいだは、あんまり英語をしゃべらなくてもいい。それに、サッカーの英語なら、すぐに覚えられそうな気がする。楽しいから。

とにかく、あいつとサッカーしたら、ぜったい楽しいと思う。

グッド・オン・ユー《いいぞ》！　ってジェイクに声をかけられたのは放課後のスポーツ教室のときだった。ジェイクからパスが回ってきて、そのあとうまく自分のチームにつないだら、そいつがシュートを決めた。きみのパスがよかったんだよ、って彼に言ったら、いや、おれだったら、ベンに回さないでむりやりゴールまで突っ走ってた、得点できなかったと思う、みたいなことを言った。ぼく、サッカーやってたんだ、東京で、って続けたら、やっぱ、おまえサッカーしたことあるんだ、じゃ、おれたちのクラブに来いよ、って、ボールを蹴るみたいにかんたんに言った。

母さんにコーチの電話番号きいといてやるよ。土曜日の朝、オーチャード・クリークのグラウンドで練習やってるんだ。木曜日の夕方は、選ばれたやつばっかだけど。

ジェイクはバイ！　って手を振って、自転車で帰っていく。

ジェイクとはクラスが違うから、姿を見かけると、あ、いるな、程度で休み時間《リセス》に遊んだりはしない。それに、ジェイクは人気者で、いつも友だちに取り囲まれてる。このあいだも水飲み場でノアと水を飲もうとしたら、ジェイクのグループがやってきて、いきなり水道の栓を思いっきりひねった。ジェイクが水浸しになりながら、蛇口を指で押さえると、水があちこちに噴水みたいに飛び散った。男子は大笑いしながら飛びはねてたし、女子はキャーって叫んで逃げていった。ぼくのとなりに来た六年の女子たちが、あの子、クールじゃん、ってジェイクのことをちらちら見ながらささやきあうのがきこえた。ノアが、ため息をついた。いいよなあ、ジェイクは。かっこいいし、スポーツもばつぐんだしなぁ、って。うん、そうだな、ってぼくも思う。空を見上げると、マグパイっていう鳥が飛んでいた。はじめてこの鳥をみたとき、白と黒できれいな鳥だとぼくは思ったのに、みんなはカラスと同じくらいこの鳥のことを嫌っているのがわかった。ぼくも歩いていたら、後ろからあのするどいクチバシで頭をつつかれたことがあって、いまではちょっとこわい。だから、マグパイが飛んでくるとみんな逃げる。でも、ワライカワセミが教室の屋根の軒にとまったときには、おどかさないように、飛んでいかないように、みんなでそっとしておいた。ワライカワセミは毛糸玉に羽がはえたみたいですごくかわいい。目なんかも真っ黒で、みつめているとみつめかえされているみたいでドキドキしてくる。あのなき声もおもしろいからききたい。マグパイもワライカワセミもおなじ鳥なのに、神さまはときどき、すっごく不公平だ。

約束通り、ジェイクはサッカークラブのコーチの電話番号を紙に書いて持ってきてくれた。お母さんにここに電話してもらって入会すれば、こんどの土曜の練習に来られるはずだよ、サッカーのほかにもメンバーでいろんなところでキャンプしたりするんだ、すっごく楽しいぜ、一緒に行こうぜ、って言う。ぼくはうれしくて、家に帰ったらすぐに電話してもらう、ってジェイクに言った。ケルヴィンがそれを見ていて、おまえサッカーなんかするのか、ってきいてきた。そうなんだ、日本でもサッカーしてたんだ、って返事したら、ふうん、って興味なさそうだった。でも、帰り際、ロッカーで並んでスクールバッグを出していたら、いいよなぁ、おまえは、ってケルヴィンがぼそっと言った。何が？　ってきこうとしたとたん、ケルヴィンのお母さんが後ろに現れて、ふたりがぼくのわからない言葉でしゃべり出したので、ぼくはさっさと出てきてしまった。ケルヴィンは、お母さんが教室に来るのも、学校に迎えにくるのも、嫌がっている。みんながいる前で話しかけられるのが、ケルヴィンは恥ずかしくてたまらないんだ。ケルヴィンのお母さんは英語だとすごくおもしろいしゃべりかたするから、エイダンなんかはいつも爆笑してる。おい、スプリング・ロールの母さんが来たぞ、って、ケルヴィンのお母さんの顔を見ただけで笑ってる。

ジェイクにもらったメモを片手に握りしめて、ぼくは家にとんで帰った。リビングに入ろうとしたら、まだ片付いていない引っ越し用の段ボール箱につまずいて転んだ。あら、お帰りなさい、真人くん、って松浦さんのおくさんの声がした。こら、真人！靴を脱ぎなさい！　ってお母さんに叱られた。あんまりあせってて、学校みたいに靴のまま家にあがってしまった。こっちの家ってどこで靴を脱いだらいいのかわからない。お父さんは車で帰ってきてガレージで脱ぐし、お母さんは裏口から入ってサンデッキで脱ぐし、お姉ちゃんは玄関で脱ぐけど、部屋に靴を持っていく。さすがねえ、もう家の中でも靴で歩くようになったの、って松浦さんのおくさんがびっくりしたような感心したような、それからちょっと意地悪な顔をした。いいえ、そうじゃなくて、そそっかしいんですよ、なんてお母さんが答えてる。そろそろ半年になるでしょう、そりゃ、子供は忘れちゃうかもしれないわね、日本の習慣なんて。そうなんです、でも、日本に帰ればすぐに元通りになると思うんですけれど。英語だけは、せっかくだし、こっちでやっておいてもらいたくって。それはそうよね、真人くん、英語、上達したでしょう、なにかしゃべってみて。

真人くんはこっちの学校に行っているんだから、もう英語はペラペラでしょう、って大人は顔を見るたびに言う。お姉ちゃんには、志望校に入れるようにがんばらなきゃね、と言う。お姉ちゃんは日本人学校で志望校、真人は現地校で英語、こっちにいるあいだに英語がペラペラになれる、お父さんもお母さんもぼくにいつもこう言う。いいなあ、真人は、英語できるんだし、日本に帰ったら受験も楽勝じゃん、ってお姉ちゃんまで言う。英語が話せたらかっこいいよ、それに将来、ぜったい仕事に困らない。これからの時代、英語、プラス、コンピューターでもスポーツでも、なにかやればいうことなしだ。世界で対等にやりあえる。ラッキーだね、真人くんは。お父さんと同じ会社の松浦さん、山崎《やまざき》さん、田代《たしろ》さん、津村《つむら》さん。松浦さんのおくさん、山崎さんのおくさん、田代さんのおくさん、津村さんのおくさん。日本人の大人みんなの口ぐせ。

真人、なにか英語でしゃべってごらんってお母さんがぼくを振り返る。それでぼくは、手の中のメモをわたしながら、

「Mum, can you please check this? I wanna join this soccer club.（お母さん、これ見てくれる？　このサッカークラブに入りたいんだ）」

ってふつうに言ったら、ふたりともぽかんとした顔をした。ほんとにペラペラになったのねえ、日本人じゃないみたい、あんまり上手だから、おばさん、何言っている

のか、ぜんぜんわからなかったわ、って松浦さんのおくさんは切れ切れに言った。真人、ちゃんと日本語で言いなさいってお母さんに叱られた。

英語でしゃべれって言ったじゃないか！　それに、言われた通りにしたのに、お客さんの前で叱られた。頭に来たけど、お客さんの前なので、日本語でもなんて言っていいのかわからなかった。もやもやっとなって、スクールバッグをリビングの真ん中にばしっと叩《たた》きつけて、その上に靴を脱いで出てきた。あらあら、ホント、怒り方までまるでこっちの子みたいね。すいません、行儀が悪くて、と松浦さんのおくさんにあやまるお母さんの蚊のなくような声が、背中のうしろで聞こえた。

その夜、お母さんにまたメモを見せて、サッカーがしたい、ここに電話してリチャードさんって人と話して、って頼む。お母さんは黙ったまま。ぼくは大声で同じことを繰り返す。お母さん、リチャードさんに電話してったら！　こんどの土曜日にサッカーに行きたいんだ！　わかった、電話しておくね。でも、今日はもう遅いし、ってお母さんはメモをちらりと見た。それより、いま、手が離せないの、って引っ越し用の段ボール箱からお皿を取り出している。戸棚があるのに、お皿とか食器はまだ段ボール箱から出し入れしている。その次の日は、朝、学校に行く前。お母さん、絶対に電話しておいて、だって、もう木曜日だよ、間に合わないよ。今日は、山崎さんのおくさんのおうちでランチするから、また明日ね。このメモは、引っ越し用の段ボール箱と同じだ。お母さんの手にかかると、いつまでも、片付かない。学校から帰ってきたら、自分で電話しよう、そうぼくは決めた。

だからその日、ロッカーで急いで帰り支度をしてたら、ケルヴィンが来た。今日、おまえんち、遊びにいってもいいか、ってきく。ぼくはびっくりして、なんで？　なんて言ってしまう。今日はお母さんは迎えに来ないの？　ケルヴィンは無言。でも、友だちが遊びに来るなんてこっちに来てからはじめてなので、うれしくて興奮してしまった。

学校を出て、ふたりで、歩道の一段高いところをかわりばんこにジャンプして、いろんな家のドライブウェイの前に差しかかるたびに一緒に車道を走って、また歩道に上がった。マット、おまえんち、Ｗｉｉあるかってきかれて、東京の家にはプレイステーションがあるけど、いまは持ってない、って答えると、ふうん、ま、いいや、っていつもどおり興味なさそうだった。ケルヴィンの好きそうなもの、ぼくの家にあるかなあって不安になった。ケルヴィンはなんでも持ってそうだったし。でも、家のゲートのところで、チロが走り回っているのを見つけて、いいなあ、おまえ、犬飼ってるんだ！　ってすごくうらやましそうにした。ちょっと、いい気持ちだった。

　家に入る前に、前庭でしばらくチロと遊んだ。チロは知らない人には吠えるけど、それがぼくの友だちだってわかったら、ぜったいに吠えない。ケルヴィンの手をなめたり、しっぽをふったり、じゃれついたりした。いいなあ、犬！　ってケルヴィンは何回もチロの頭をなでた。飼わせてもらえばいいのに、ってぼくが言うと、だめだよ、うちのお母さんは動物嫌いなんだ、って。

　玄関でケルヴィンに靴を脱いでもらった。ごめん、めんどくさくて、って言うと、ううん、大丈夫、って靴のひもを器用にといた。片方の手で二本のひもを持って、ひょい、ひょい、って留め金から外す。ケルヴィンの指には、魔法がかかってる。ピアノだってうまいけど、なにをやらせても、うまい。家の中に入りながら、お母さんを呼ぶ。お母さん！　友だちが来た！

　お母さんが奥から出てくる。洗濯物を取り入れていたらしい。いいにおいがする。ケルヴィンを見て、あれって顔をした。なんだろ、って思ったけど、すぐにいつもみたいに笑って、いらっしゃい《welcome》、って、翔太や拓也が来てたときみたいにケルヴィンを迎えてくれた。お母さんがいらっしゃいって言ったけれど、こんな言い方だれもしないってケルヴィンが笑うんじゃないかなってぼくはドキドキした。でもケルヴィンは、こんにちは、ミセス・アンドゥ。ぼく、ケルヴィン・チョウっていいます、ってまじめな顔であいさつ。

お母さんはいままでいつも「真人のお母さん」で、翔太にも拓也にもそう呼ばれてたから、ミセス・アンドゥって誰のことか一瞬わからなかったみたい。こうやって、こっちではあいさつするのか、ってケルヴィンの横顔を見ながら、なんか感心した。

ぼくらはレゴで二階建ての家を作った。それから、ケルヴィンの持ってきた、フッティの選手のカードとぼくのユーギオーのカードを交換。本当は、カードは学校にもって行っちゃいけないんだけど、ケルヴィンはいつもスクールバッグに入れてる。お母さんが、東京で翔太や拓也にしてくれていたみたいに、ぼくとケルヴィンにホットケーキを焼いてくれる。三段重ねでクリームとイチゴがたっぷりはさまったやつ。ケルヴィンは、こんなにきれいでうまいパンケーキ食べたことない、おまえのお母さん、料理がうまいな、って言う。ホットケーキはこっちではパンケーキって言うのかって、ぼくはまた感心した。それから、ケルヴィンがまたチロと遊びたがったので、庭に出ようとしたら、電話がかかってきた。お母さんが受話器をあげて、ハロー、って言った。お母さんは、いまも英語があんまりうまくない。最初のうち、わからない言葉はなんでも一生けんめいに辞書を引いていたけれど、最近はわからなくてもすむんだったら、それでいいって言ってる。わからない言葉が多すぎるって言う。

「まあくん、ちょっと、かわってくれない？」

お母さんが受話器をぼくに手渡した。こんなときのお母さんの顔をみるのがぼくはつらい。手伝っているのに、すごく悪いことしてるように思う。でも、自分がえらくなったような気もする。

校長先生だった。ぼくはエイダンとしばらくケンカしてないけど、このあいだ、あいつがまたスシ、おもらし小僧、って呼んだから、「このバカ」って叫んでやった。言っちゃいけない言葉なのはわかってるけど、ぼくにはまだこれしか言えないし、知らない。それがばれたのかと思った。でも、ちがった。

「ケルヴィンを知らないか？」

「ぼくの家に来てます」

校長先生はふぅ、とひと息ついた。彼のお母さんが心配してるんだ。すぐに、ピーターに迎えに行ってもらうから、待っているようにケルヴィンに伝えて。ウェスト・ハンティングデール・ドライヴの29番地だね？

ぼくは受話器を置く。お母さんが、校長先生、なんて？　って心配そうにしている。お母さんはもう三回校長室に呼び出されているから、そろそろ慣れてもいいころなのに、こういうことは慣れたくないらしい。

「ケヴ」

ってぼくが呼ぶと、ケルヴィンはすっごく悲しそうな顔をして、うつむいた。あのさ、ピーターが迎えに来るって。お母さんが、学校で待ってるって。ケルヴィンはだまったままチロの首のところをなでて、三角にぴんと立った耳をつまんで、マット、いいなあ、犬、ってまた言った。それから、お母さんに、ミセス・アンドゥ、パンケーキをありがとうございました、すごくおいしかったです、ってお礼を言って、玄関に回って靴を履いた。靴を脱いだときは、指がはしゃいでて、靴ひもはくすぐったがってぱらぱらとほどけていったのに、履くときは、靴ひもが帰りたくないっていやがってるみたいだった。ケルヴィンはそれをぎゅっぎゅっと留め金が足の肉に食い込みそうなほど締めて、力任せに編み上げた。

「また遊びに来いよ」

って、ぼくはしゃがみ込んで靴を履いているケルヴィンに声をかけた。

「サンキュー」

ぼくは、ケルヴィンが今度はぼくをケルヴィンの家に遊びに誘ってくれないかなって期待したけど、ケルヴィンはだまってスクールバッグを肩にかけた。チロがケルヴィンとぼくのあいだにやってきて、どかっと座った。街路樹の連なる坂道を下って、ピーターが自転車に乗ってやってきた。なんか怖いんだよな、あの人。ケルヴィンが手招きしているピーターをじっと見つめた。

「バイ、マット」

ケルヴィンは、自転車から降りて歩道を引き返そうとしているピーターのとなりで歩き始めた。夕日を受けて、ふたりは影絵の人形になった。ピーターの自転車の車輪のスポークが風車のように回っていた。ケルヴィンの両手はズボンのポケットに突っ込んであった。手のないケルヴィン。きゅうに、ケルヴィンがケルヴィンに見えなくなって、むしょうに心配になった。ぼくはチロと玄関から前庭に出て、しばらくふたりの姿を見送った。植え込みの脇から一匹のハエが飛んできて、チロのしっぽの先にとまると、あたりすべての物音が止《や》んだ。人形たちの首が折れて、風車が止まった。泣き声がきこえて、チロがワンと吠えた。

入れ違いに、お姉ちゃんが帰ってきた。

「いまの子、だれ？」

お母さんが台所から出てきた。

「真人のお友だち」

「なあんだ、金髪じゃないんだ」

教室にはいっぱい金髪はいるし、ノアも金髪だけど、ジェイクはうすい茶色だし、ケルヴィンやぼくみたいな黒い髪の毛もいる。オーストラリアの人は、みんな金髪っていうわけじゃない。

その夜、ぼくは自分でリチャードさんに電話した。ケルヴィンがやったみたいに、名前を言って、ミスター・アンダーソンって言って、ぼく、マットです、オーチャード・クリーク・カンガルーズ・サッカークラブに入りたいんですってちゃんと言う。リチャードさんが、ぼくのことはジェイクからさんざん聞かされてるって笑った。いま何歳だ？　東京でもやってたんだって？　すごくパスがうまいっていうじゃないか？　この土曜日から始めるか？　書類にサインしてもらわなくちゃいけないから、お父さんかお母さんに代わってくれるかい？

お母さんがおずおずと話し始める。お母さんが英語で話すのを聞いていると、ケルヴィンのお母さんのことを思い出してしまう。ケルヴィンはどうなったんだろう。お父さんが帰ってきた。お母さんが、ワン・モーメント、って言って、お父さんに受話器を爆弾みたいに渡す。

「ほら、言ってたでしょう。真人のサッカークラブの」

「入会の手続きするだけなんだろう？」

お父さんはお母さんにぶつぶつ文句を言いながら、電話にでる。お父さんの英語はすごい日本語英語。でもちゃんと通じてる。お父さんは受話器を置いて、よし、お父さんが手続きをしておくからな。あさってからでよかったんだな、って言ってくれる。お母さんには、ユニフォームとかサッカーシューズを買う店を書いたメモを渡した。

真人、このごろパチパチまばたきしなくなったな、ってぼくの顔をのぞき込んだ。ぼくはお父さんにそっくりだってみんな言う。もし、エイダンがぼくのお父さんの話し方を笑ったら、またあいつのズボンを女子の前でずり下ろしてやろうって思いついた。あれは、ほんとにおもしろかった。思いだしたら、ニヤニヤ笑いがとまらなくなった。

「なんだ、真人。なにかいいことでもあったか？」

お父さんがネクタイをとりながら、ぼくを膝の上にのせた。チロもお父さんに甘えた声を出してまとわりついてきた。

「今日ね、まあくんのお友だちが遊びに来たのよ」

「おっ、そりゃよかったな。どんな子だ？　金髪のナイスガイか？」

ちがう、ぼくみたいな子だよ、って言う。

「中国人よね？　とっても礼儀正しいボクだったわよ」

とお母さん。ケルヴィンのお父さんとお母さんは台湾人《タイワニーズ》らしい。ケルヴィンはいつも中国人《チャイニーズ》に間違えられるって言う。でもケルヴィンはオーストラリア生まれだから、チャイニーズでもタイワニーズでもないし、この顔だとオーストラリア人《オージー》にも見えないって言ってる。ぼくは、そうふたりに伝える。

「そっか。お父さんは日本人以外に間違えられるのはいやだな。間違えて、ゴメンな」

そう言って、お父さんはお母さんが温め直したカレーを食べはじめた。ふたりが、お姉ちゃんの模試のことを話し始めた。お姉ちゃんはお正月が過ぎたら東京で受験するので、そのとき日本に帰る。

ジェイクとサッカーができるようになって、うれしい。でも、ケルヴィンはあれからどうなったんだろうって気になって、思っていたほどうれしくなれなかった。

次の日、ケルヴィンは学校に来なかった。ノアが、かぜでもひいたのかな、でも彼、昨日なんでもなかったよね、って首をかしげた。話しながら、リセスにぼくらが水飲み場のとなりのベンチに座っていたら、ジェイクが来て、あした、一緒に練習に行こう、って言われる。それから、あっちで4スクエア《フォー》をやろうぜってぼくをさそった。ぼくはすぐにでも飛んでいきたかったけど、ノアと一緒にいたので、ちょっと返事ができないでいたら、ノアがうつむいてベンチの端をいじりながら、マット、ぼくのことはいいから、行ってこいよ、って言った。

ノアを置いてけぼりになんてできない。ジェイクが、マット、来いよ！　って走り出したその背中めがけて思い切って、ノアも入っていいか？　ってきいた。ノアが目を大きく見開いて、ぼくとジェイクを見た。ジェイクはふりかえって、ノアの大きな体をじっと見た。

「審判《ジャッジ》とか、できるか？」

ノアが、いままでみたこともないような素早さでベンチから立ち上がった。

その夜、ぼくはあんまりよく眠れなかった。朝になって、マグパイの声が聞こえたので、ベッドから出て、買ってもらったばかりのユニフォームに着替えた。胸にはカンガルーの刺繍《ししゅう》がある。ぼくはカンガルーみたいにぴょんぴょん跳んで台所に行った。

パントリーからコーンフレークを出してきた。おまけのフッティのカードが入ってたので、ケルヴィンのためにとっておく。コーンフレークにミルクとハチミツをたっぷりかけて食べた。ミルクもハチミツもいつもはお母さんがかけてくれる。自分でやろうとすると、まあくんがやるとこぼすし、テーブルの上がベタベタになるって文句を言われる。食べ終わった後、テーブルの上はお母さんの言うとおりになった。お母さんの言うことはいつも正しい。

お姉ちゃんが起きてきた。テーブルをふきんでふいていたら、もう起きたの、ってぼくのことをみてびっくりしてる。お姉ちゃんは、朝早く起きて勉強する。パジャマのまま、コーヒーを飲む。パンダの模様のついたお気に入りのマグカップを置いて、勉強道具をテーブルに広げ始めた。ぼくはきいてみる。どうして山女《やまじょ》（山岡《やまおか》女子学園のことだ）に行きたいの？

「だって、山女だから」

「ふうん」

「制服もかわいいし」

「ふうん」

「大学もついてるし、就職率もいいし、将来困らなそう」

「ふうん」

「なによ、ふうん、ふうん、って」

お姉ちゃんはちょっと笑ったあと、勉強しはじめた。山女って、いいところらしい。制服もかわいいし、大学もついてるし、就職率もいい、将来困らない。なんか、山女って、英語に似てる。

九時になって、ジェイクとグラウンドへ行く。オーチャード・クリーク・カンガルーズ《ルーズ》は思っていた以上に大きなクラブだった。十二歳以下のグループの名簿に自分の名前を見つけて、すごくうれしかった。

「こいつ、マット」

ジェイクがいきなりみんなに紹介してくれた。知らないやつばっかりで、ぼくはその日はジェイクにひっついてた。でも、ボールをけっていたら、すぐに何人かの名前をおぼえた。練習試合が始まって、ゴールの近くにいたぼくのところにボールがきた。すぐそばにいたジェイクにパスしようとしたら、「マット、シュートしろよっ！」ってジェイクがどなった。「そうだ、シュートしろ！」「マット、今しかないぞ！」「シュートだ！」「マット、行けよ！」って他の子たちも大声でぼくに叫んだ。ボールがゴールキーパーの横をすりぬけて、歓声と拍手が上がる。

「マットーーーー!!」

走ってきたジェイクに抱きつかれて、ぼくは地面にひっくり返り、ジェイクの下じきになってしまった。おまえ、最高！　シビレ《Awesome》たぜ！　ナイス・シュート！　他のチームメイトたちもぼくの上に覆いかぶさった。苦しすぎて、嬉《うれ》しすぎて、ぼくは息が止まりそうになった。

試合のあとは、クラブハウスに戻ってコーチの話をきく。「解散」の合図と同時に、全員で輪になってチームソングを熱唱した。

オーチャード・クリーク・カンガルーズは駿足《しゅんそく》ぞろい！
黄金《きん》の旗掲げて　ひた走る！
ルーズ！　ルーズ！　ルーズ！
勇者が駆ける！
ルーズ！　ルーズ！　ルーズ！
勝者が行く！

いつのまにかとなりにいたやつと肩を組んでいた。ぼくは歌を知らないので歌えなかったけど、みんなと一緒に歌にあわせて飛び跳ねた。楽しくて楽しくて、たまらなかった。こっちにきてから一番楽しい日だった。おれたちルーズは、これから夏になるとキャンプもやるし、イースターには合宿もある。キャプテンのサウルがそう言った。もちろん、おまえも来るだろ？　マット？　ぼくは、ここに来てもいいんだ。ぼくは、ここにいてもいいんだ。

——ぼくは、ここにいたい！

　月曜日、ケルヴィンが学校に来た。ハーイ、ケヴ。ハーイ、マット。朝はそれだけ。リセスの時、ぼくとノアに、ラブラドール犬、飼ってもらえるんだって言う。ぼくのチロは柴犬《しばいぬ》で、ノアの犬はブルーヒーラー。ノアんちは、犬は牧羊犬のケルピーかブルーヒーラーって決まっているらしい。ぼくとノアは同時に、いいなあ！　って叫ぶ。ケルヴィンがひまわりみたいな笑顔を咲かせた。

「こんどさ、ピアノのコンテストで優勝したら、だけどな」

　それから、ぼくらはオニごっこ《チェイシー》をすることにした。ぼくらは円になって、片足を出して、歌い出す。

丘の上でパーティーやってるよ！　来てみたい？

もちろん！

そんなら、ラム酒をもってきな！　ラム・タム・タム。

そんなのできないよ！

そんなら、荷物をまとめて、どっかへいってしまえ。


「でも、その前に、おまえのベストフレンドはだーれだ？」

「M-A-T-T!!」


名前をよばれたぼくが、四回、みんなの足に触れて回る。オニに当たったノアが、ええー、またオニかよぉ、って顔をしかめたとたん、ノア、こっちでジャッジやってくれよ！　って、どこかで誰かの声がきこえた。ノアがニヤッと笑って、声のほうへ駆けだした。

それで、ケルヴィンとぼくがオニみたいになって、ノアを追いかけた。

4 夏休《ホリデー》み

算数だけはできる、って信じてた。答えさえあっていればいい、って思ってた。でも、こっちでは、どうしてその答えになったのかを言えないと、点数をもらってもあんまり嬉しくない。賢くみえないから。

オーチャード・クリーク小学校に転入してから、テストってほとんどなかった。でも、三年生と五年生だけには特別の全国統一テストっていうのがある。英語と算数だけだけど。英語ははじめっからあきらめてた。でも、算数はなんとかなるって信じてた。

学校から帰ってきたら、お母さんにいきなりきかれた。真人、いま学校で何習ってるの？　英語と算数と体育とライブラリーとＩＣＴ《コンピューター》だって答えたら、今日、算数で何習ったのか言ってごらん、って怖い顔された。で、分度器の使い方を習ったって答えたら、五年生で分度器？　って怒られた。あなたはね、本当なら六年生で、日本だったら来年から中学生なのよ、って、あきれられた。ちょっとでもぼくがなにか言ったら、崩れてしまいそうな目をしてた。東京から持ってきた計算ドリルを引っ張り出してきて、これ、ちゃんとやらなきゃいけないでしょ、ってどなった。はっきり言って、開いたこともない。これからもたぶんやらない。だって、こんな計算問題、こっちの学校ではやらない。やりかたさえわかっていて、言葉でちゃんと説明できたら、あとは電卓使ってもいいときだってある。

お正月のあと、お姉ちゃんは日本に帰ってしまう。山女に合格したら、そのまま東京に残って、山女から二駅のところにあるおばさんの家から学校に通うことになってる。お母さんはお姉ちゃんと一緒に、東京にしばらく里帰りする。冷凍じゃない納豆が食べられるとか、ちゃんとした洋服が買えるとか、友だちにも会えるとか、ここのところ日本に帰れるってすっごく機嫌がよかったのに、なんでこんなに今日は機嫌が悪いんだろうって思った。

夜、寝る前に歯磨きしてたら、お父さんが帰ってきた。明日は待ちに待った土曜日で、朝はサッカーの練習、昼からはハミルトン・マグパイズとの試合がある。ただいま、っていうお父さんの声がきこえたので、歯ブラシを口にくわえたまま、玄関に向かって走って行った。明日は試合があるって伝えておかなきゃいけない。お父さん、ってぼくが呼ぶ前に、お母さんがお父さんを呼んだ。ぼくは、リビングのドアから半分体を出したけど、お母さんに真人はもう寝なさい、ってにらまれた。

次の日、お父さんは試合を見に来てくれた。日本にいたころよりも、お父さんと一緒にいることが多くなったと思う。毎週練習のあと、むかしサッカーをやっていたお父さんにいろいろアドバイスされるといちいちうるさいなあって思うんだけど、全部あたってる。試合はマグパイズが勝って、ルーズはこれで三連敗してる。試合のあと、お父さんは、お母さんの迎えを待つあいだボールを蹴って遊んでいたジェイクとぼくにアイスクリームを買ってくれた。あともうちょっとで夏休みがくる。一月のサッカーの夏合宿はキャラバンパークに十日間泊まって、近くのグラウンドで練習する。シニアのメンバーも一緒に練習するらしい。ジェイクとメイソンとリアムとぼくが同じテントだって今日、サウルが教えてくれた。キャラバンパークに泊まるのに、キャビンじゃなくって、わざわざテントで寝るのは、キャビンよりもチームメンバー全員で協力してテントを張ったほうが節約になるし、ずっと楽しいからだ。ジェイクとぼくは、ボールをパスし合いながら、合宿のときに持って行くものを言いあいっこした。

Uniform!（ユニフォーム）
Shoes!（靴）
Shin guards!（レガース）
Bag!（バッグ）
Drink bottle!（水筒）
Sunscreen!（日焼け止め）
Towels!（タオル）
Toothbrush!（歯ブラシ）
PJ!（パジャマ）
Jocks!（短パン）
Undies!（下着）
And Teddy!（それから、テディベア）

おまえ、まだテディベアなんかと一緒に寝てるのかよ、ってぼくが両手を広げてジエイクをからかうと、なんだよぉ、母さんと姉さんたちに十日間も会えないんだぞ、ってすねる。ジェイクと話してると、「キオナ」「シャナイ」もしくは「ビアンカ」、つまり姉さんたちの名前のどれかが必ずといっていいほど、会話のなかに紛れ込む。その三人の姉さんとお母さんが現れた。みんなジェイクと同じ麦わら色の髪をしている。ジェイクは、ボールをさっとすくいあげると、走り出した。そして、お母さんに飛びついた。

「バイ、マット！　メリー・クリスマス・トゥ・ユー！」

ぼくもバイ、ジェイク！　メリー・クリスマス！　ってジェイクに向かって叫んだ。ジェイクはぼくに手を振って、女四人に囲まれて車に乗り込んだ。テディベアのこと笑って悪いことした、って思った。

ジェイクが帰ったあと、芝生の上に寝転がっていたお父さんとボールを蹴った。どうだ、真人。こっちの学校、楽しいか。うん、すごく楽しくなってきた。やっと、を付け加えようとしてやめる。来年は、またジェイクとは違うクラスだし、ケルヴィンともノアとも別のクラス。エイダンがまた一緒。でも、あいつにもう「スシ」なんて呼ばせない。ぼくを怒らせて、ケンカになったら、校長室へ送られてトラブルになるってあいつもわかってる。あいつはぼくよりずっと口が悪いけれど、ケンカではぼくのほうがずっと強い。それに、もう、ぼくは前みたいにだまっていない。

「真人。お母さんとお姉ちゃんと一緒に、日本へ帰るか？」

「え⁉」

お父さんはボールを蹴りながら、何でもないふうに言った。

ぼく、サッカーの合宿もあるし、ノアの家にスリープ・オーバー《お泊まり》にも行くって約束してるんだよ、リアムとプールにも行くんだ、ショッピングセンターの近くにある、あのでっかいスライドのあるレイジャープール、ずっと行ってみたかったんだよ、もう約束したんだ、ってぼくはボールを脇へ見送りながら答える。あのな、真人。覚えてるか、学校で統一テストあっただろう、ってお父さんがボールの逃げたほうに視線を走らせながら、静かな声になった。やがて川縁でボールを拾い上げたお父さんは、ちょっとずつ大きくなりながら、ボールを脇に抱えてぼくのほうへ戻ってきた。あのテストの結果のことで、お母さんが校長先生とフラナガン先生に呼ばれたんだ。なんで？　って、ぼくはききかえす。すっごくいやな予感がした。

「英語は仕方ないさ。しゃべれるようになっても、まだ、ちゃんと読めないし、書けないしな。お父さんだって、それはよくわかる。でも、算数も、ちょっと、六年生にあがるには苦しいって、お母さん、言われたらしい」

すごくショックだった。だって、算数だけはケルヴィンにも負けないって信じてたから。でも、あのテストは確かに、ちょっとヘンだった。計算問題と図形の問題はかんたんだったたんだけど、文章問題は問題を読めても何をいってるのかわけがわからなかった。ぼく、また留年するの？　ってお父さんにききながら、体中の血がざあっと背中から下のほうに流れて行くのを感じた。

「いいや。お母さんが、それだけはやめてくれって頼んだらしい」

お父さんとぼくはならんで芝生の上に座った。このさい、お母さんとお姉ちゃんと一緒に日本に帰って、そのまま中学に行くのはどうだ、入学式にも十分間に合う。お父さんはそう言った。この夏は、ルーズのみんなとサッカーやって、ノアの家に泊りに行って、蝶《ちょう》の標本を見せてもらって（ノアのお父さんは蝶マニアらしい）、ペットに飼っているポニーにものせてもらう。ポニーにのるのに、長靴を持ってこい、すっごい泥だらけになるぞ、ってノアが言うから、こづかいでゴムの長靴（サイズがあうのは、ガキくさい車の模様のついたやつしかなかった）を買ったら、お母さんがすごく笑った。まあくん、まだ、こんなものが欲しいのって。リアムとでっかいスライドのあるレイジャープールにも行くんだ。リアムのお母さんが、リアムがぼくと遊びたがっているから、連れて行ってあげる、って、そのあと、バーベキューにもおいで、って、そうお母さんに言うのをちゃんときいたんだ。お母さんは、リアムのお母さんにイエス、サンキューって答えておきながら、レイジャープールって何？　って、あとでぼくにきいてきた。あんなによく、目の前を通ってるのに！

「やだよ！　絶対に帰らない！　絶対嫌だ！」

ぼくは立ち上がった。怒りでくちびるとこめかみが震えているのが自分でもわかった。お父さんが、ちょっと驚いてぼくを見上げた。それから、そっか、わかった、ってつぶやいた。

一月一日、ぼくらは松浦さんの家に行く。お正月っていう感じが全然しない。空には、朝早くからギラギラした太陽が浮かんでいて、今日もこれから暑くしてやるぞ、って絶叫してるみたいだった。サンデッキでチロが暑さで横になったまま息を切らせていた。今年でチロも十二歳になる。ぼくが生まれた次の年、もらわれてきた。ぼくらは一緒に育った。こんなところにいないで、家に入れよってぼくはチロを家の中に入れる。家の涼しいところでチロはまた横に倒れたまま、ぼくらが出かけるときになっても、はあはあいっていた。目だけが異様にうるんでた。

松浦さんの家には、日本人がいっぱい来ていた。ぼくのお姉ちゃんはみんなよりずっと年上で、ランチのバーベキューを食べると、ラウンジでひとりｉＰｏｄを聴いていた。ぼくもクリスマスにｉＰｏｄが欲しいっていったのに、小学生には高価すぎるとかなんとか言って買ってもらえなかった。あなたは日本ではもう中学生よ、っていつも言うくせに。ぼくは、ほかの子供と庭で遊んだりした。大人の見ていないところでは英語でしゃべった。大人に見つかると、日本語でしゃべれってうるさい。大人はみんな、あんなに英語ができたらいいって口ぐせみたいに言うのに、ぼくらが英語でしゃべると「日本語でしゃべりなさい」「日本人だろう」ってイライラした声で怒る。

日本人学校じゃなくてこっちの幼稚園とか学校に行ってる子もいて（ぼくもそうだけど）、そういう子が集まると、こっちの遊びになるし（「じゃんけん」を知らない子までいる）、こういうときは、英語のほうがしゃべりやすいし、簡単にすむ。隼斗《はやと》っていう、山崎さんちの子なんかは、生まれたときからずっとこっちで、英語と日本語を完全に使い分けてる。おねだりは日本語で、やりたくない手伝いとかを頼まれると、英語で答える。あんなの、わからないふりしとけばいいんだよ、とか言ってる。津村さんちの子は、英語でしゃべっても日本語でしゃべっても、何言ってるのかわからない。その子の妹は、日本語で話しかけても英語で返事する。だれかがいったん英語を話し出すと、みんな英語になって（だって、ラクだから）、小さい子たちはリードを外してやったときのチロみたいに、庭じゅうぴょんぴょん跳ねまわった。みんな、いっぺんに話し出す。庭のテーブルでお酒をのみながらしゃべっている大人に「日本語で！」とか「日本語は？」ってどなられるけど、もうだれも気にしてない。

スイカ、食べなさい、って呼ばれて、ぼくらはテーブルにつく。さすがにここでは英語はまずいので、隼斗とぼくは日本語を使うけど、小さい子たちは黙ってしまう。おじさんたちはビールを片手に納屋のところに集まって、よく飛びそうですね、今度、ぜひご一緒に、とか言いながら、ゴルフクラブを振り回している。おばさんたちはいつもよりずっとおしゃべりで、子供みたいにはしゃいでる。田代さんのおくさんが今度はタイに異動が決まったので、洗濯機とか家具とか、家中のものを欲しい人に譲りたいって言う。子供の学校はどうするの、ってだれかがきく。優菜《ゆうな》ちゃん、もう四年生でしょ？　ずっと現地校だったでしょ？　今度は日本人学校に入れようと思ってるの、日本語をやり直すいい機会だし、喋《しゃべ》るのは大丈夫なんだけど、読み書きは相当あやしいのよ。このあいだも、「大」と「犬」間違ってたし。どっちも、一年生の漢字よね？　田代さんのおくさんはケラケラ笑い声を上げた。英語が達者になったのはいいんだけど、今度は日本語があやしいのよ。それにしても、ここは楽しかったわ、日本人も多いし、なんでもあるし。物価が高いのにはびっくりだったけど。そうよね、あなたったら、二年しかいなかったのに、あなたほどここに詳しい人っていないわよ。みんな、あなたにおいしいレストランとかイベントに連れて行ってもらったわ。エンジョイしたでしょ？　そりゃ、もう。せっかく来てるんだし、期間限定なんだから、楽しまなくっちゃね！　田代さんのおくさんはウフフ、ってまた笑った。ついでにキャリアアップまでしちゃった。ここでカリグラフィーの資格もとったし、日本に帰ったら、自宅で教室を開こうと思ってるんだ。

山崎さんのおくさんが、いいわねぇ、ってうらやましそうにする。二年くらいがちょうどいいのよ、楽しめて。うちなんか、ここ、十年よ。いつまでたっても帰れそうにない。子供もまるでこっちの人になっちゃってるし。このあいだのオリンピック、隼斗ったら、日本じゃなくてオーストラリアを応援してたのよ？　いま帰国できても、隼斗にとっては、日本は「帰る」ところじゃなくって、「行く」ところなのよ。

あら、隼斗くんは日本語も英語も完璧だし、いつ帰っても大丈夫でしょ？　あなたのところ、教育熱心じゃない。補習校の役員もやってるし、通信教育だって受けさせてるんでしょう？　完璧なバイリンガルに育てて、ほんとにえらいわ。バイリンガルって人は簡単にいうけど、全部親がお膳立てしてやってるんだもの。どれだけ手間ひまかかることか。時間だってお金だって相当なもんよ。普通の子育てやってるのとわけがちがうわ。松浦さんのおくさんが感心したように、隼斗と隼斗のお母さんを見る。するとと、津村さんのおくさんがふうとため息をついた。うちは、異動続きでどれも中途半端になっちゃって。真凜《まりん》も美羽《みう》も、いまさら日本の学校にはぜったいついていけない。帰国がきまったら、帰国子女を受け入れてくれる私立かインターナショナルを探さないと。いままでいろんな国に行ったけど、そういえば、あの子たちの一番できる言葉って、一体どれかしら？　でも、他の言葉はともかく、英語さえ話せれば、今の時代、なんとかなるんじゃないかって主人は言うのよ。それで、今は、家でも英語を使わせてるの。

でも、親子でしゃべってる言葉が違うって、なんだかねぇー、しかもみんな正真正銘の日本人でしょう、ハーフじゃないんだしねぇー、おまけにカルチャーまでちがうっていうのも、なんだか寂しいわよねぇー、って松浦さんのおくさんがうなるように言うと、ほかのおくさんたちの声が、そうよねぇー、ちょっとねぇー、しかたないわよねぇー、でもねぇー、って続いた。小鳥が合唱してるみたいだった。

「つかさと真人と日本語で話せないなんて、私、どうにかなっちゃうわ」

ぼくのお母さんがぽつりと言った。そのとたん、みんなお母さんをじっと見つめて静かになった。

「そういえば、安藤《あんどう》さんのところは、もうすぐつかさちゃんの受験で里帰りするんでしょう？　真人くんは、お母さんとつかさちゃんと一緒に日本に帰らないの？」

松浦さんのおくさんにとつぜんそうきかれて、帰りません、ってぼくは答えた。お母さんは横でだまってきいてる。なんか居心地悪そうにしてる。ぼく、こっちでサッカーの合宿もあるんです、って松浦さんのおくさんの顔じゃなくてお母さんの顔を見ながらはっきり答える。お母さんが、ぼくをかなしそうな目で見つめ返してきた。ぼくは、お母さんはいつも正しいって思ってた。お母さんの答えはいつもあっていた。でも、なんであっているのかわからなかった。そんなこと、考えもしなかった。なんでキャビンじゃなくって、テントで寝るのか。なんでポニーに乗るのに長靴がいるのか。なんでスイミングプールじゃなくって、レイジャープールなのか。ぼくは、正しくないかもしれない。でも、ぜんぶ説明できる。こっちでは説明できなきゃ、答えがあっていても、正解にならない。

「真人、Did you want to go on with the game?（さっきのつづきやろうぜ！）」

隼斗がスイカの汁を口からあふれさせながら、立ち上がってぼくに話しかけた。

「やろうぜ！　Who's gonna come and play?（さっきのつづきやりたい人！）」

　ぼくも、食べかけのスイカを置いて立ち上がった。

「Me!　Me!　Me!（ぼく！　わたし！）」。小さい子たちが人差し指を挙げながら、ぼくらのマネをして、つぎつぎにスイカの皮をお皿に置いて立ち上がった。


　お母さんとお姉ちゃんが東京に帰る日が来た。お父さんと空港まで見送りに行った。東京に着いたら空港でお蕎麦《そば》を食べようとか、ふたりして言ってた。お姉ちゃんは受験生なのに、東京の友だちとメールで遊びに行く約束をしていた。

「まあくん、ちゃんとご飯食べるのよ、お父さんの言うことよくきくのよ。お腹《なか》出して寝ないのよ。夜更かしもしないでね。お姉ちゃんの入試がおわったら帰ってくるから」

　って、お母さんは言い残して、お姉ちゃんと一緒に銀色のドアの向こうに消えた。

帰りの車の中で、お父さんが、今夜何食べようってきくから、ぼくが一度食べてみたかったこっちの食べ物をスーパーマーケットに買いに行った。ジェイクがいつもランチにもってくるカップ麺。肉のコーナーでメンテナンスのピーターを見かけた。あのヒゲだらけの顔と魔法使いみたいに伸びた白髪《しらが》が怖いってみんな言うけど、ぼくはあんまり怖くない。ショッピングカートにソーセージのトレイを何皿も重ねて入れてた。パンとトマトソースも。いったい何人家族なんだろう。それとも、学校でやるみたいに、チャリティーのソーセージ・シズルをどこかでやるんだろうか。なんだか、ピーターらしいや、って思った。

夕方、カップ麺をお父さんと一緒に食べたけど、見た目は日本のカップ麺にそっくりなのに、味はぜんぜん違ってた。お父さんも、これ、どんな味かなって思ってたんだ、でも気絶しそうなくらいマズイなって笑った。次の日、お父さんはバーベキューグリルを買ってきた。こっちの人みたいに、ガスボンベと並べてサンデッキに置いて、ソーセージを焼いた。食パンにソーセージをはさんで、トマトソースとマスタードをかけた。学校のバーベキュー・ランチみたいにして食べた。これ、一回やってみたかったんだ、とお父さんが言った。ぼくも、これ、家でやってみたかったんだ、って答えた。蕎麦なんかより、こっちのほうがずっとおいしい、って言った。でも、お父さんもぼくも三日もすると、白いご飯にいくつものおかず、つけものと味噌汁《みそしる》、ラッキーだったら、デザートにフルーツゼリーを作ってくれる——、つまりお母さんの料理が食べたくなって仕方なかった。

それから合宿のはじまるまでの数日間、クリスマスにもらったトランポリンの上で過ごしたり、ノアの家に泊まりに行ったりした。ノアの家は街からちょっと外れていて、ノアのお父さんは庭を造ったり、植物の苗を育てて売ったりする仕事をしているっていう。全部で1エーカーあるっていうけれど、広すぎてどこからがノアんちの土地なのかわからないくらいだった。あたりいちめんだだっぴろいところにビニールハウスがいくつも建っていた。テントウムシのマークの本に出てきた三匹のクマの家みたいなちんまりした家で、ノアそっくりのクマみたいに大きなお父さんとクマみたいに優しそうなお母さんが出迎えてくれた。玄関に入る前に、うちのお姉ちゃんが言ったみたいに「金髪じゃないんだ」って言われるかなってちょっと心配した。おやつにポテトチップスをもらったとき、ノアのお母さんがぼくの髪の毛をなでて、日本人の男の子を見るのははじめて、ジェット・ブラック《漆黒》でなんてきれいなんでしょ、目の色とおそろいね、ってほめてくれた。ジェット・ブラックってどういう意味か知らないけど、とにかく安心した。

ノアとぼくは長靴をはいて、さっそくポニーのいる馬小屋まで出かけた。ノアのポニーは、ぼくたちの身長と同じくらいの背丈しかないロバみたいな栗毛《くりげ》で、小さな体のわりに足が太かった。そこにいるだけで、なんだか泣けてくるくらい優しい目をしてた。名前はシロッコ。ノアはシロッコの鼻をゆっくりとなでてやった。ぼくもなでた。ベルベットみたいなすてきな手触りで、ところどころヒゲがぷつんぷつんと生えてる。そうしていると手のひらが熱っぽくしびれて、うっとりした。シロッコに手綱《たづな》をつけ、鞍《くら》をのせて、ぼくらは泥だらけのパドックにやってきた。ノアがぼくに乗り方の手本を見せてくれるために、先にシロッコの背にまたがった。ノアの体重が重いので、鞍にノアが座ると、シロッコは四本の足で踏ん張った。でも、そうするのが嬉しくてたまらないというように、頭を左右にふった。そしてノアはパドックをシロッコと一回りした。口には出さなかったけれど、ひとりでポニーに乗れるなんて、すごい！　って感心した。マットもやってみろよ、ってノアに言われてぼくも鐙《あぶみ》に足をかけて鞍にまたがろうとしたけど、シロッコは尾をはげしくふって、ぼくを追い払おうとする。ノアはしっかりと手綱をつかんで、ぼくをやっとの思いでシロッコに乗せて、パドックを一周してくれた。途中、ノアが trot!《トロット》 って叫ぶと、シロッコは速歩《はやあし》になってノアが引きずられるみたいになってついてきた。泥がびちゃびちゃ跳ねる音がした。湧き上がってくるシロッコの体の熱があたたかい風となって、ぼくの頬を滑っていった。頭の上では太陽が雲のクッションの上で昼寝していた。鳥が羽ばたきせずに風に乗って気ままに浮かんでいた。馬の背にゆられて、ぼくを軸にした世界がぐるぐると回っている。ぼくは、鞍から両手をはなして空中で大きく広げた。ノアが大きな声で笑った。ノアはドロドロになっている。シロッコは速度を落とさずに走り続けた。こんなふうにぼくを信じてくれる誰かがそばにいるかぎり、ぼくはぼくの知らないところにいても、こわくない。手綱にかけられたノアの手の爪にはいっぱい泥がつまっていた。ぼくは、汚いと思わなかった。ぼくも、ノアのためなら、あんな爪になったっていいと思うくらいだった。終わって、シロッコから鞍をはずすと、背中のそこだけ汗で色がかわっていた。ノアへの忠誠のあかしみたいだった。シロッコはノアのいうことなら、なんでもきく。ノアはここでは王様だった。

スープとラムチョップの夕食のあと、ノアのお父さんが集めているという蝶の標本も見せてもらった。その部屋は、壁一面がガラスの額だらけで、そのなかに、ぼくが思いつく限りの地球上の色が蝶の形にくりぬかれて寄せ集められている。ガラス板のむこうで行儀よく羽を水平に広げている蝶は、宝石のようなきらめきでぼくをこんなにもひきつけるのに、あっちのほうでは完全にぼくにそっぽを向いてた。腹が立つくらいそっけなくて、ぞくっとするほどきれいだ。ちょっと触角が曲がっているのが、生きていたころの名残《なごり》みたいで痛々しい。蝶たちは背中のところをたった一本のピンで刺し抜かれていて、そのたった一本のピンをぬいたら息を吹き返して、いまにも飛んでいきそうだった。目は黒々としているけど、何も見てない。生きているみたいに死んでいる。このごろぼくを見るときのお母さんの目を思い出した。見なきゃよかった。ぼくは、ぎゅっと目を閉じる。

するとと、とつぜん、大量のピンが抜け落ちる音と羽ばたきの音が、しゃらしゃらと雨みたいに上から降ってきた。ぼくのとなりで、ノアがあれこれ蝶の名前を教えてくれたけれど、彼の控えめな声はその音の雨にかきけされて、ぼくはめまいがしそうで、ほとんどきいてなかった。ピンから解放された蝶たちがいっせいに飛んでいった。ゆっくり目を開いて、蝶たちが虹色の帯になって出て行ったはずの窓から、おそるおそる壁のガラスの額に視線を戻すと、蝶たちはやっぱりそこで死んでいた。

ぼくらは、裏庭にテントを張って寝た。虫の声が大きくて、ぼくはなかなか眠れなかった。それで何気なくノアに将来はお父さんのあとをつぐの、ってきいたら、他の仕事って考えたことないなぁ、だって、あの木とか苗とかどうなるのさ？　ほっとけないよ。ぼくんち、こういう商売やっているから、家族旅行にだっていったことないんだ。シロッコだっているし。この仕事、ぼくにしかできないと思うし、とあくびをしながらノアは言った。次の日、帰るときにお礼を言いに行ったら、ノアのお父さんがピッ《ュ》クアップ《ー》・トラッ《ト》クに乗り込みながら、もうここはきみの家だ、いつでも好きなときに遊びにくるといい、って言ってくれた。

オーチャード・クリーク・カンガルーズの夏合宿は、きつかったけど最高に楽しかった。同じテントのメイソンとリアムともいつも一緒だったから、ジェイクと同じくらい仲良くなった。朝の涼しいうちに練習が始まって、ランチタイムからあとは自由時間だった。ジュニアもシニアも関係なく、みんな一緒くたになって遊びまくった。キャラバンパークのそばには、フライングフォックスや迷路、キャビーハウス、大きな吊《つ》り橋もあって、メイソンとリアムとジェイクとぼくは、そこに秘密基地を作って、毎日暗くなるまで遊んだ。トレッキングコースを逸《そ》れたところのユーカリの木のてっぺんには、コアラがいた。しかも親子だった。ぼくがこっちに来てはじめてコアラを見て大騒ぎしていると、みんなはぼくを見て笑った。コーチのリチャードさんが、日本に帰ったら、野生のコアラを見たって友だちに自慢できるなって言った。拓也がスカイプしてきたときのことを思い出して嫌な気持ちになった。拓也に「コアラとか見た？」ってきかれて、思わず英語で返事してしまった。「なんだ、おまえ、英語がもうペラペラだからって、カッコつけるなよ！　生意気だ！」ってどなられたんだった。

夜には、ディスコもやった。ディスコの最後に、目隠ししたまま踊るゲームをやったら、ぼくだけ違う向きで踊ってたらしくて、マット！　マット！　ヘイ！　マティ！　って、真っ暗闇のなかで、みんなが大笑いしているのが聞こえた。笑われるのが楽しくて、ぼくも息が止まりそうになるくらい笑った。ジェイクは毎晩寝袋に入ると、お母さんとキオナとシャナイとビアンカのことを思い出してグズグズ泣いた。それを見ていたら、ぼくもお母さんとお姉ちゃんはいまごろどうしてるかなって思ったけど、たぶん、お母さんもお姉ちゃんもここより東京のほうがずっと楽しいんだろうなって思ったから、悲しくなかった。どこにいてもふたりが楽しければ、それでよかった。

十日間、そうやって過ごして家に帰ったら、日本語がぜんぜん出てこなくなってしまっていて、お父さんに英語で話しかけて笑われた。数日後、スカイプで、画面越しにお姉ちゃんが山女に受かったって言うのをきいて、あんなに行きたがってた学校に行けるようになってよかった、って嬉しかった。お姉ちゃんの後ろでは、お母さん、長く会っていない阿佐谷《あさがや》のおじいちゃんとおばあちゃん、それから恭子《きょうこ》おばさん、高校生のいとこの優里亜《ゆりあ》姉ちゃんが手を振っていた。マー坊、いきなりそんなに大きくなってビックリしたよ、って優里亜姉ちゃんは画面に近寄ってぼくを見た。この夏、ぼくは背が四センチも伸びた。

二月に新学期が始まって、ぼくはなんとか六年生になった。お母さんが東京から帰ってきた。日本のものをスーツケースいっぱい買ってきた。服とかタオルとか、こっちでも売っているようなどうでもいいものばっかり。それらをキッチンテーブルに並べながら、こっちのタオルは吸水性が悪い、こっちの歯ブラシは日本人の口には大きすぎる、こっちのセロハンテープはまともにつかえない、こっちのラップはペラペラで、使いにくくてイライラするって怒った。それをきいていると、なぜかケルヴィンやノアやジェイクの悪口を言われているみたいで、すっごく嫌だった。お母さんはなんでも日本のもののほうがデザインもいいし、性能も品質も比べものにならないし、それに安心だって言う。船便で、おなじようなものの入った段ボール三箱分の荷物を送ったらしい。

お母さんは、帰ってきた次の日には、東京に帰りたいって言い出した。お父さんに、来年、ぼくを連れて先に東京に帰りたいって言う。おまけに、ぼくにこう言った。今年から、土曜日は日本語の補習校に行きなさい。六年生の漢字もまるで知らないでしょう、算数だって追いつかないと。まあくん、日本だったらこの四月から中学生なのよ、そんな調子で日本の中学なんてとても通えない。夏休みにまったく宿題がでないなんて、こっちの学校って、ほんとうにのんびりしてるんだから。補習校には、日本人の子がたくさんいるわ。山崎さんのところの隼斗くんも、たしか、補習校に通ってたはずよ。

「サッカーはどうするの？」

全身の血が沸騰しそうで、耳鳴りがした。台所の涼しいところで寝転がっていたチロが、ぼくを見て起き上がった。こっちでのテストもだめ、漢字も知らない、算数もおちこぼれてる、そんなことわかってる。でも、こんなだめなぼくからサッカーと、やっとできた友だちを取り上げないでくれよ。それに、日本人同士だからって、友だちになれるなんて限らないじゃないか。

「日本に帰ったら、またやればいいのよ」

お母さんは、うっとうしそうに、そう言った。だから、ぼくも、うっとうしそうに、でも、きっぱりと言い返した。

「I hate you!（お母さんなんか、大嫌いだ！）」

5 補習校

だから、言ったでしょう。パチ。何回言わせるの。パチ。土曜日は補習校だって。パチパチ。英語も算数も平均以下でこっちでも六年生になれるかどうかあやしかったんだから。パチパチ。しかも、こっちの学校って遅れてるのよ。パチリ。こんな調子で、東京に帰ったら、ぜったいについていけない。翔太君も拓也君も私立決まったんですって。パチパチ。こんなことになるんだったら、まあくんも、お姉ちゃんと一緒に日本人学校にはじめから通わせるんだった。パチパチ、パチ。とにかく、サッカーなんてのんきなことやってる場合じゃないのよ、いまは。東京に帰ったら、そんなのいくらでもできるでしょ。パチパチ、パチリ、パチリ、パチリ。

ぼくのまばたきする癖がひどくなって、ここのところ、パチパチ野郎、って、エイダンにまたからかわれてた。聞き流してはいたんだけれど、今日は我慢できなくって、しかも、ぼくのほうからいきなりぶんなぐったので、今日のは、さすがにぼくが悪かったと思う。エイダンに叩き返されて、転んで膝からすごい血が出たけど、校長室にふたりで呼び出されて、エイダンがいつものように、あることないことしゃべっていても、ぼくは何も言わなかった。マット、エイダンの言ってることはぜんぶ本当か、って校長先生にきかれても、Yes. の一言ですませた。いつもなら、知っている言葉をかき集めて言い返すんだけど。エイダンが、びっくりしてぼくの顔をのぞき込んでいた。案の定、お母さんが新しい担任のオキーフ先生に放課後に呼び出されてた。ぼくは、知らんふりして先に帰った。もう、通訳なんかしてやらない。あんなこと言うからだ。土曜日にもうサッカーしちゃいけないなんて言うからだ。お母さんなんか、大嫌いだ！

六年になって、ぼくはオキーフ先生のクラスにいる。オキーフ先生の机の上はティーンエイジャーが散らかすみたいにものすごく汚いことで有名で、「ティーンエイジャーの机」って、全校生徒に呼ばれている。本がタワーみたいに積まれてるし、コンピューターの画面がまともにみえるだけで、あとは美術の時間に使う絵の具もフタがあいたまま固まってるし、黄ばんだコピー用紙とか、食べかけのお菓子なんかもある。

ひきだしはひとつもまともに閉まってないし、そこからリンゴの芯がミイラみたいになって出てきて、端っこにぞうきんが海賊船の旗みたいにぶら下がっていたりする。去年のフラナガン先生だと、生徒にホチキスとかセロハンテープを使わせても、きっちり机のもとの場所に戻さないとすごく叱られた。教室のルールが紙に書かれて壁に貼《は》ってあった。一番目は「つかった物は、かならず元の場所に戻すこと」、二番目は「机や椅子で遊ばない」、三番目が「マナーを守ること」だった。オキーフ先生は、ちがう。フラナガン先生と同じように教室のルールが紙に書かれて貼ってあるけど、一番目が「自分と人の心と体を傷つけないこと」、二番目が「発言する前に必ず手をあげること」、三番目は「ハッピーでいること」。オキーフ先生のクラスではホチキスとかセロハンテープなんて、先生本人でさえどこにあるかわからないので、ぼくらは他の教室まで行って使わせてもらったりする。オキーフ先生自身、自分の机からそんなものが出てくると思っていない。穴のあいたセーターに短パンだったり、靴下のままビーチサンダルを履いていたり、着ているものも、とんちんかんっていうか、ちんぷんかんぷんっていうか。ランチをしょっちゅう忘れる。おくさんがそのたびに教室まで届けに来る。でも、机の上があまりにも散らかっているので、せっかく届けてもらったランチボックスをどこに置いたのかわからなくて、売店で生徒にまざって、ミートパイをオーダーしてたりする。とにかく、自分のことをあんまり見てない人だと思う。でも、生徒のことはよく見てる。背中にも目があるんじゃないかって思うくらい。ちょっとよそ見したり、しゃべったりしても怒られる。逆に、ちょっとしたことでもみんなの前で褒めてくれる。「今日はずっと笑顔でいた」「教室のゴミを拾ってくれた」「スクールバスの乗り場できちんと並んでた」とか。それに、もっとすごくいいことをした子なんかは、クラス全部の机を集めてステージを作って、その上で踊らせてくれる。オキーフ先生がギターでプレスリーのロックンロールを弾いてくれる（熱烈なエルヴィスのファン）。クラスじゅうで、激しく踊る。みんな、これが大好きなので、だれかがいいことしないかなっていつも思ってる。できれば、自分がいいことをしたいと思ってる。

14番教室の生徒はひとり残らずマイケル・オキーフ先生が大好きだ。

オキーフ先生に何を言われたのか知らないけれど、お母さんは帰って来るなりぼくに学校は楽しいかときく。なにを今さら、うるさいな、って言いかけたけど、うん、ってなるべくふつうに答える。まあくん、そのパチパチするのね、ちょっとみてもらったほうがいいって。来週、学校のカウンセラーの人に会ってちょうだい、って心配そうな顔をした。それを見てると、お母さんに悪いな、ってちょっと思った。でも、次の日の土曜にはやっぱり、補習校に行かされて、お母さんなんか、大嫌いだ！　なんにもわかってない、と腹が立ってくる。補習校まで家から車で四十分もかかる。途中、オーチャード・クリークのグラウンドでカンガルーズが練習してるのが見える。ぼくは車の窓に顔をくっつけて、練習風景をじっと見る。ジェイクやリアムやメイソンがボールを追いかけてる。そしてぎゅっと目をつむる。補習校に着くころには、自分でもわかるくらいパチパチがひどくなってる。

補習校には、隼斗やぼくみたいな日本人もいるけど、見かけも中身も半分日本人っていう子がほとんどのような気がする。三、四年生あたりから、土曜日は習い事とか友だちの誕生日パーティーが重なったり、勉強が急に難しくなるのもあるので、続けるのが大変なんです。でも真人君はもう六年生だし、永住組じゃなくて駐在さんですよね、じゃ、がんばらないと、って担任の里香《りか》・マイヤー＝ナガオカ先生。お母さんが、真人は日本だったら中学一年生なんですって小さな声で言ったけれど、マイヤー＝ナガオカ先生に、六年生がまるまる抜けているのでしたら、中等部についていくのは大変ですよ、と言われた。入れられた六年生のクラスはぼくを入れて十八人。そのなかのふたりと仲良くなった。礼央《レオ》はお父さんがオーストラリア人でお母さんが日本人。えみりはお父さんがニュージーランド人でお母さんが日本人。ふたりともこっちで生まれて、ずっとこっちの学校だし、日本の学校に行ったことがない。行くつもりもない。でも日本語で勉強をやらせると、国語も算数も小五まで日本の学校に通っていたぼくよりできたりする。だから、このふたりの目の前で、五年生の漢字の復習をやらされるのははっきり言って屈辱だ。オーチャード・クリーク小でプレップ《ゼロ年生》や一年生と一緒にテントウムシのマークの本を読まされていた時でも、ここまでみじめに思うことなんかなかった。英語はぼくの言葉じゃないって開き直ってたから。でも、ここじゃ、話がちがう。礼央もそうだけど、えみりなんか特に、見た目、全然日本人に見えないから、日本語がしゃべれるっていうだけで、スゴイ、えらいって思ってしまう。隼斗とかぼくだと、日本人なんだから日本語しゃべってあたりまえ、って言われるのに。ふたりに向かって、ぼくは、漢検六級だぞって言ってやりたくなったけど、実をいうと、六級の漢字も、あやしい。試験のとき、あんなに必死になって覚えたのに、この一年ぜんぜん使わなかったからみごとに忘れた。それどころか、漢字を読むのも書くのも久しぶりだった。「安藤真人」って自分の名前を漢字で書くのも一年ぶりだった。悔しまぎれに、礼央とえみりに、ぼくは、サッカーをやめさせられた、こんなとこ、来たくなかった、って言うと、ぼくんちは、日本語の補習校は小学校までで いいって言われてるから、ぼくは今年で終わりなんだ、来年から土曜日はフッティやらせてもらう約束なんだ、って礼央が言う。えみりは、補習校は好きだって言う。中等部にも行くって言う。どうせ家にいたってヒマだし、友だちにも会えるし、「もちつき大会」とか「運動会」とか「バザー」とか楽しいじゃん、テストでいい成績を取ったら、ご褒美に日本のマンガを買ってもらえる、って言う。でも、こんな話は外でぜんぶ英語でやる。教室で英語で喋ると怒られるから。

最近は、英語のほうが喋りやすいときがある。お母さんに、今日学校どうだった、って日本語できかれても、「ふつう」とか「まあまあ」とか「別に」って答えるだけ。それだけ？ ってお母さんはふくれっつらになるけど、それ以上言うこともない。「モンキーバー」とか説明しても、お母さんにかかると、校庭の遊具は全部「アスレチックみたいなやつ」になるし、「ウォールボール」にしても「マルコ・ポーロ」にしても「ヘリコプター」にしても、ぜんぶ「こっちの子供の遊び」になるし、フッティやクリケットなんかはスポーツが得意なお父さんでもわからない。だから、どうでもいいような気がして、あんまり話さない。

礼央とえみりと一緒にいると、補習校もそんなに悪いところじゃないなって思う。なんか、こそこそしなくってすむ。みんなからは「マット」じゃなくて「マサト」って呼ばれる。日本語で話しているっていうだけで、リアムとメイソンとジェイクとしたみたいに、同じテントで寝ている気分がする。礼央は「ちくわ」を食べたことがないけど、足が速くて、一緒にキック・スクエアすると楽しい。えみりは「こたつ」に入ったことがないけど、ランチにはおにぎりとかタコのウィンナーとか、カマボコやひじきまで入った日本の弁当を堂々と持ってくる。補習校だけよ、ほかでこんなの持って行けないわよ、って言いながら、すっごく自慢してる。ぼくも学校のランチボックスには、ぜったい日本の弁当なんか持って行かない。サンドイッチかロール、リンゴかバナナ、ヨーグルト、それからお母さんがこっちにきてから作り方をおぼえたキャロットケーキを一切れって決めてる。タコのウィンナーとかひじきとか大好きだけど、死んでもオーチャード・クリーク小にだけは持って行かない。キモい、って言われるに決まってる。

補習校って、宿題がすごく出る。ハンパない。日本の学校で、毎日通って一年かけてすませることを、ここでは週一回の授業で一年分すませなきゃならない。礼央とえみりは慣れっこになってるみたいだけど、ぼくはこの宿題が嫌で嫌でたまらない。まだこっちにいるんだし、こんなの日本に帰るときにまとめてやればいい、ってお母さんに言ったら、すごく怒られた。怒られてよけいに嫌になった。で、ちゃんとやっていかない。やっているフリだけして、頭の中ではサッカーのことを考えている。

オーチャード・クリーク小でも六年生になってから、ものすごい量の宿題がでる。ぼくの場合はまだプロジェクトとかリサーチの宿題は補助員の先生が手伝ってくれる。リーディング・リカバリーのクラスでは、今年からテントウムシのマークの本じゃなくって、コアラのマークがついた本にレベルアップした（といっても、三年生用の本だけど）。英語のクラスは、今年になって、ターミナっていう転校生が加わった。ぼくとおんなじ六年生で、雨の日も風の日もめちゃくちゃ暑い日にも長袖を着て、頭にスカーフをぐるぐる巻いてる女の子。男子のあいだでは、「ニンジャ」っていうあだ名がついてる。「スシ」よりましだと思う。去年のぼくと同じように英語がわからないけど、クラスの女子はそんなターミナのめんどうをみるのが好きみたいだ。なんにもしゃべらないけど、いつもにこにこしてるからだと思う。

英語は日本語みたいに、見たように読めない。書いてあるように読めない。なんで読みもしないPとかHとかGとかがあんなにいっぱいあるんだろうと思う。誰がなにをして誰がどこへ行って誰がなにを誰に話したのか、それがHeなのかSheなのか。He/Sheがいまからするのか、それともしてしまったのか、してしまっていてそのままでいるのか、それともすることになっていたのか。doかdidかそれともdoneなのか。リカウントとかナラティブを書かされるたび、誰なのか、何なのか、どこなのか、どうしてどうなったのか、人別、時間別にはっきりさせなさいってウィルソン先生にしつこく言われる。このあいだもI done my homework《宿題、やった》.って書いて、マット、何か違うわよって言われた。でも、みんなそう言っている。英語は聞こえたように書けない。それで、I have done my homework《宿題をやってしまった》.にしたら、I did my homework《宿題をした》.のほうがいいって言われた。

カウンセラーの先生に呼ばれて、午後のサイレント・リーディングの途中、ぼくは教室をひとり抜け出した。図書室で、その人にいろいろときかれたり、絵を描かされたりした。リーディング・リカバリーと英語のクラスのウィルソン先生とサポートの補助員の先生もいた。放課後、またお母さんが校長室に呼ばれていた。真人は外で待ってて、って言われて、ぼくは校庭でメンテナンスのピーターがフェンスを直すのを見ながら待っていた。花壇に小さなハチがいた。ぼくの目の前で、好き勝手に花から花へと飛び回っている。トラ模様の体に、六本の足に、触角に、花粉がついていた。頭を蜜《みつ》のある花の中に突っ込んで、夢中になっていつのまにか花粉だらけになってる。あれは、ハチにしかできない仕事。オキーフ先生とおんなじで、あんまり周りのこと気にならないみたいだ。ぼくにも、いつか、自分にしかできなくって、自分のことが気にならなくなるような仕事ができる時が来るんだろうかとふと思った。ノアだって、似たようなことを言ってた。それにしても、あのフェンスは、何回直したって破けるに決まってる。男子はみんな、あのフェンスの前でクリケットをやるからだ。打ち損ねたボールがフェンスに当たるので、ボールを遠くまで拾いにいかなくってもいいから。ピーターは、そのことを知ってるんだろうか、って思った。ピーターは、つばの広い帽子を被《かぶ》って、鼻歌をうたいながらペンチを握って修理していた。でも彼は、そういうことはなんでも知ってるような、そんな気がした。

お母さんが校長室から出てきた。オキーフ先生も一緒だ。正面玄関のホイヤー《広間》でまだ話している。お母さん、オキーフ先生の言っていることちゃんとわかってるんだろうか。お母さんの姿をこんなところで見かけるなんて、ものすごく珍しい。ほかのお母さんたちは、呼ばれなくてもしょっちゅう学校に来て、いろんな手伝いをする。ジェイクのお母さんは、むかしは学校の先生だったから、英語のクラスでぼくに本を読んでくれたり、作文をみてくれたりする。ノアのお母さんは、自分の家で飼っている羊やにわとりを連れてきて、遊ばせてくれる。ケルヴィンのお母さんは、毎日教室の前までケルヴィンを迎えにくる。ぼくのお母さんは呼ばれないと来ない。呼ばれれば、ちゃんと来る。でも、たいていぼくがエイダンとケンカしたことで校長室に呼ばれている。ほかにも、いつまでたっても夏の制服を着せるのはやめてくださいとか（二学期になったら冬用のズボンに替えて、ソックスも紺じゃなくって黒をはかなきゃならないって学校からプリントもらってたのに）、家でもマットのために英語で話してくださいとか言われて帰ってくる。ぼくのお母さんにも、ジェイクやノアのお母さんみたいに、お母さんにしかできないなにかがあればいいのに。そしたら、ぼくみたいに仲間がみつかって、たいていのどうしようもないことは、気にならなくなるのに。ぼくは虫が好きだからノアと仲良くなれたし、サッカーができたからジェイクと友だちにもなったし、教室ではケルヴィンとぼくだけがアジア人だったから、ぼくらは一緒にいるとなんか安心だったし、自分のお母さんが学校に来るのが恥ずかしいって思うところなんか、なんとなく似てるって思う。

お母さんが、やっとオキーフ先生と別れて、ぼくのところに来た。真人、帰ろうか、って言ったきり、家に着くまでなんにも言わなかった。でも、家に着くなり、早く宿題やりなさい！　言われなくっても、自分でやるようにしなさい！　ってすごい剣幕でどなられた。いきなりで腹が立った。だから、黙れ《Shut up》！　ってどなって、自分の部屋に行こうとしたら、今度は、日本語でしゃべりなさい！　ってわめいてた。夜、お父さんが帰ってきて、ふたりはずっと遅くまで話し込んでた。ぼくは決めた。お母さんは正しいかもしれないけど、お母さんのいいなりになんかならない。スクールバッグからコアラのマークの本を出してきて、チロを抱っこすると、そのままベッドで読み始める。耳の奥底に残っていた「日本語でしゃべりなさい！」っていうお母さんのどなり声を、今からぜんぶ英語で消してやるんだ。

　マット、なんでサッカー来ないんだよ、ってまたジェイクにきかれる。それがすごくつらい。泣きたくなってくる。パチ。土曜日は、日本語の学校へ行かされてるんだ、ってぼくは答える。パチ、パチ。ジェイクの顔がまともに見られない。土曜日に学校ってなんだよ、それ!?　わけわかんねぇ、サッカーより大事なのかよ！　って、ジェイクもうつむいたままになってる。そんなことない、って答えると、じゃ、来週はかならず来いよ、それに練習のあとはリアムんちでバースデーパーティーあるんだ、招待状《インビテーション》あずかってきたぞ。もちろん、来るだろ？　ぼくはだまって、インビテーションをジェイクから受け取る。パチパチ、パチ。家に帰って、お母さんにインビテーションを見せる。来週の土曜、サッカーのあと、リアムのバースデーパーティーに行きたい。パチ。まあくん、土曜日は補習校。何度も言わせないの。わかってるでしょう。パチ、パチ。わからない。何度言われても、ぜんぜん、わからない。パチリ。お母さんの言ってること、日本語でもぜんぜんわからない。パチリパチリ、パチリ。

リアムのバースデーパーティーの日、補習校へ行く途中、車の中からオーチャード・クリーク・カンガルーズが練習しているのが見えた。いつもなら、お母さんが補習校までドライブするけど、この日はお父さんだった。またおくさんたちの食事会とかで、レストランに出かけるらしい。ぼくは、豆粒みたいに見えなくなるまで、ルーズのメンバーを見ていた。まばたきがとまらなくなって、涙が出てきた。お母さんはずるい。自分だけ、友だちと出かけるんだ。今日はみんな、スポーツバッグのなかに、リアムへのバースデープレゼントを入れてるんだ。あいつはいま「トランスフォーマーズ」にはまってるから、ぼくなら「トランスフォーマーズ」のセットをプレゼントする。パス・ザ・パーセルとかピン・ヤーダーとかミュージカル・チェアとか、パーティーでやるゲームもいっぱいやるんだろうな。リアムのお父さんはカーペンターで、お父さんが作った特大のキャビーハウスが庭にあるって、メイソンが言ってた。それにバースデーケーキもある。

「真人」

お父さんが運転席から後ろの座席にいたぼくに話しかけてきた。ぼくは返事ができなくって、うつむいて涙をシャツの袖でぬぐった。

どうした、ってお父さんがきく。なんでもない、って答えてから、お母さんはずるい、自分だけ友だちとランチしに行くんだ、って言ったら、いや、お母さんはあんまり行きたくなさそうだった、お母さんはずっと働いてきた人だからな、昼間から外でランチなんて、なんだか悪いことしてるみたい、とか言ってたな、ってハンドルを握ったまま答えた。ま、大人のつきあいっていうやつだろう。おまえも、補習校へ行きたくないんだろう、ってちょっと笑いながら言う。

「行きたくない、サッカーに行きたい！」

ぼくは思わず叫ぶ。車の中だったから、自分でもびっくりするくらい大きく響いた。お父さんがハイウェイの手前で車を路肩にとめた。そして、体をねじってぼくのほうを見た。

「真人。そんなにサッカーがしたいか？」

　ぼくは黙ったまま、こくんとうなずく。それから、今日はリアムのバースデーパーティーに行きたかったのに、お母さんが許してくれない、っていいながら、また涙でのどと鼻がつまって胸が苦しくなった。

「パーティー、何時からだ？」

　三時。練習のすぐあと。ぼくがそう答えると、お父さんはしばらく考え込んで、二時に補習校に迎えに来て、そのままパーティーに連れて行ってやる、と言ってくれる。ぼくは、プレゼントを買いたいから一時に迎えに来て、って言った。

　お父さんはランチタイムに迎えに来てくれて、ぼくは午後の授業を早退して、ショッピングセンターで「トランスフォーマーズ」のセットを買って、三時ちょうどにリアムの家に行った。もうみんな集まっていて、玄関には泥だらけのサッカーシューズが積み上げられていた。玄関のドアが開くと、リアムの顔がすぐそこにあって、おおーい！　マットが来たぞ！　って叫んだ。ぼくはお父さんのことなんかほったらかして家に入った。お父さんとリアムのお母さんが玄関先で話しているのが見えたけど、ぼくはみんなと遊べることが嬉しくって、あとのことはどうでもよくなった。ピエロのコスチュームを着たマジシャンが来ていて、マジックをやってくれた。ソーセージロールやパーティーパイを食べて、庭でフリーズをやって、ガレージにつけてあるバスケットゴールでバスケットをやって、ホームシアターでDVDをみて、みおわるとそのままリアムのお母さんがホームシアターのでっかいスピーカーで音楽をガンガンかけてくれたので、庭のトランポリンの上でみんなで踊りまくって、最後にピン・ヤーダーをやって、ケーキを食べた。青いアイシングの上にサッカーボールとリアムの人形がのったやつ。リアムが一息でろうそくを吹き消したら、二本残った。リアムにはガールフレンドが二人！　ってみんなが大騒ぎした。すると、リアムの小さい弟のタイラーがたったの二人！　ってバカにしたので、リアムがタイラーにおまえんときはゼロだったただろ、おまえはガールフレンドなしだ、って言い返した。タイラーは、いいもん、ぼく、ママと結婚するんだからって平気な顔してた。ケーキに一番初めにナイフを入れるのはパーティーの主役のリアム。カチリ、ってナイフがお皿に当たる音がした。するとみんなが、キスだ！　キスだ！　って、わあーっとなったけど、そこにいたのは男子ばっかりで、リアムはお母さんにキスした。ケーキを食べたら、舌が青くなって、みんなで見せ合いっこして、そのあと、ドライブウェイでスクーターとビリーカートの競走をやった。お父さんが迎えに来て帰るとき、リアムは、ぼくのあげた「トランスフォーマーズ」のセットが一番気に入った、今日は来てくれてありがとう、今度は泊まりに来いよ、って言ってくれた。リアムのお母さんが車まで追いかけてきて、お菓子のいっぱい詰まったパーティーバッグをくれて、マット、来てくれてありがとうね、ほんとにいい子、また遊びにいらっしゃいね、って言ってくれて、ぎゅっとハグしてくれた。ちょっと恥ずかしかったけど、嬉しかった。お礼を言うのを忘れてたから、そこでお礼を言った。

家に帰ると、お母さんが待ってた。めちゃくちゃ機嫌が悪い。お母さんは、お父さんの顔を見るなり、どうしてなのよ、ってどなった。だめだ、って言ったじゃない。どうしてこんなことするの。補習校をさぼって、パーティーなんかに行かせないでよ。あなたがそんなふうに真人を甘やかしてばっかりいるから、いつまでたっても、勉強に身が入らないのよ。こんな調子で、日本に帰れるっていうの⁉　お母さんの口元がふるえて、涙声になっている。すると、お父さんが、友だちの誕生日パーティーくらい行かせてやれよ、毎週のことじゃあるまいし、って言った。だいたい、サッカーをやめさせて、なにかいいことがあったか？　やっと、こっちの学校にも慣れて、友だちだってできてきたっていうのに。今日、パーティーに連れて行ったときの、真人の顔を見せてやりたかったよ！　あんなに嬉しそうな顔、こっちにきてからはじめて見た。日本の勉強に遅れるっていうんなら、通信教育とか別の方法で勉強させればいいんだ！　お父さんにはめずらしく、ケンカ腰のものの言い方になってきた。

なにが海外赴任よ！　お母さんは青い炎のように冷たく震えていた。つかさも東京に帰ったたし、それに、まあくんだって。お母さんは、ぼくをかなしそうな目で見つめて黙ってしまう。

赴任が決まったとき、あんなに喜んでたじゃないか。外国暮らしができるって。いまさら、何を言ってる？　外国暮らしですって？　こんなの、社宅に暮らしてるのと同じじゃない！　会社の婦人会、運動会、歓迎会に送別会、ゴルフコンペ、日本人クラブ。これの、どこが？　あなたや真人みたいに職場や学校で、自然にこっちの友だちができるわけでもないし、九九・五パーセント日本語で暮らしてて、英語だってうまくならない。日本人から声をかけられても「だんなさんは、どちらの会社の方？」「何年目ですか？」「どこの部署？」。こっちの人に声なんかかけられたことないわ。きみは、誰かに声をかけてもらうのを待ってるだけか？　もっと自分から努力してみろよ！　きみはいつもそうだ、ラクなほうに逃げてる。みろ、つかさだって、あんなによく出来る子なのに、ほんとうならもっと上を十分ねらえたのに、結局は合格確実の山女じゃないか。チャレンジさせなかったのはきみじゃないのか？　きみがあそこなら、あとあとラクだとか言ったんだろ。きみこそ、あの子を甘やかすのはやめろよ！　真人は男なんだし、そういうのは通用しないぞ。私が努力していないとでも？　ラクをしたいと思っているとでも？　私はあきらめたり我慢したりして努力してるのよ。いつも自分のことは後回しにして。これのどこがラクなのよ？　英語でできないことはあきらめる。お料理も、こっちには材料がないからってあきらめる。気乗りしない食事会も我慢して出る。田代さんのおくさんみたいに、こっちの生活をめいっぱい楽しむ人もいるけど、私はあんなふうにできない。子供が一年生の漢字を間違えてるのをほったらかして、遊びに出かけたりお稽古事に通うなんて、私には考えられない。第一、そんな暇なんてないのよ。私、今度、婦人会の幹事をやらなきゃならなくなったんだから。幹事は新入りの人がやるっていう暗黙の了解にもおつきあいしてるの。おつきあいをすっぽかすなんて、あなたの会社での立場にも響くことなのよ。ほんとうだったら、幹事なんかしないで、家で日本料理を作って、こっちのお客さんをお招きもしてみたいわよ、せっかくこっちにきてるんだし。でも、そんな機会がどこにあるの？　英語だってうまくなりたいのに！　何もかも、あり合わせのもので間に合わせて、こっちにいるんだからってあきらめて。なにか始めようと思っても、いつか帰るんだからってあきらめて。でも、自分の子供の将来だけはあきらめられないの！　一日一ページの計算ドリルさえやらないのに、通信教育なんか続くはずがないでしょ。このままじゃ、真人は小学生の漢字も読めなくなる。そんなの、私、我慢できない！

最後にお母さんは、東京に帰りたいって頭を振ってわめきちらした。そして、ぼくが今さっきテーブルにおいたパーティーバッグを一瞬でつかみとると、それを床にたたきつけた。ダンゴムシを踏みつぶしたときと同じような音がした。チュッパチャプス、サワー・ワーム、フレド・チョコレート、それからウィックド・フィズなんかが砂糖つぶといっしょに散らばった。わあっときいたことのない女の人の悲鳴が湧きあがった。

次の日から、お父さんとお母さんは口をきかなくなった。

6　いちばん言っちゃいけない言葉

いい気になってる。気取ってるだけだ。目立ちたいだけなんだと思う。でも、ほかの男子は、クールだし、あんなふうに喋ってみたいっていう。なんにでも、you knowってつける。can't《カント》じゃなくってcan't《キャント》って言う。まえは、あんな言い方してなかったと思う。このあいだの日曜日は母の日で、水曜日の工作の時間にお母さんにあげるカードをつくった。I love you, Mum. ってぼくはみんなのマネして書いた。あいつだけ I love you, Mom. って書いていた。オキーフ先生がそれでもいい、って言った。アメリカではMumはMomってスペルする。ぼくがちょっとヘンな言い方したら、みんな笑うのに、エイダンのアメリカなまりは笑わない。それどころか、ほぉーって感心した顔してる。いつものとりまきプラスそうじゃないやつたちまでエイダンを取り囲んで、アメリカってどんなところ？　とか、ぼくがぜんぜん知らないアイドルとかドラマの名前をあげて、質問攻めにしてた。みんな、アメリカにすごくあこがれているみたいだ。

　エイダンのお父さんはアメリカ人で、アメリカに住んでいる。去年のおわり、夏休みが始まってすぐアメリカに行って、お父さんと一緒に暮らしたらしい。あっちの学校にも通ったって言ってた。それで、今年は二学期になってからこっちに戻ってきた。


　エイダンがぼくの入ってるリーディング・リカバリーのクラスに入ってきたのは、みんなのアメリカブームが消えてきたころだった。エイダンはもともと勉強が苦手だったけど、最近、宿題さえもやってこなくなって、オキーフ先生からもしょっちゅう怒られてる。授業中でも平気で教室の中をうろつくし、先生にさからって口答え《トーク・バック》するし、下級生の女の子をちょっとぶつかっただけで殴るし、とりまきには優しかったのにとりまきともケンカしてるし、昨日なんか、校長先生に向かって「言っちゃいけない言葉」を言って、大目玉だった。ランチタイムに反省文とゴミ拾いをやらされてた。ぼくの顔をみると「スシ！」ってどなるのはかわらないけど、「ヤーヤヤヤーヤー！」「ナーナナナーナー！」っていうとりまきのからかい歌はもう聞こえない。

　リーディング・リカバリーのクラスでは、エイダンとぼくだけが六年生なので一緒に座らされる。ぼくはコアラのマークの本が終わって、いまはシロクマのマークの本（四年生用）を読んでる。もうすぐ、タカのマークの本（五年生用）にいってもいい、ってウィルソン先生に言われてるけど、来年、こっちにいないかもしれないのに、こんなことしてなにになるのかと思ってだらだらやっている。学期ごとにテストがあって、スペリングは六年生並みになったけど、読解のスコアは極端に低い。英語の文章は読めているけど意味がわかっていない、って言われている。日本に帰ったら日本語で全部すむわけだし、こんなテスト、いったいなんの役に立つんだろう？　お姉ちゃんは真人のこっちの学校の宿題は日本の高校受験より難しい、ウーン、ってうなってたけど。真人は英語ペラペラだし、もう英語の本もスイスイ読めるよね？　なんて言ってた。そんなのウソだ。しゃべるのと読むのは全然違う。お姉ちゃんもそうだけど、英語がしゃべれたらラッキーじゃん、ってみんなすぐ言う。でも、みんないったい英語で何をしゃべりたいんだろう？　ぼくはこっちに来たばっかりのときは、たとえ英語がペラペラだったとしても、しゃべることなんかなかった。だって、ここのこと、なんにも知らないし、友だちもいなかった。学校の行事とかルールとか遊びとか、ぜんぶみんなのやってることを見てマネして、みんなのしゃべってる言葉をきいてマネした。だから、ちょっとの笑い声にも物音にもビクッとした。そのうち、マネに見えないように自分流に言ったつもりがズレていて笑われたり、もっとイヤミなやつは小さい子供にきくみたいに何回も同じ質問をして答えをいわせたり、ぼくの言ってることをわかってるくせにわからないフリをしたりするやつもいた。こっちにいたら、英語が自然にしゃべれるようになってかっこいいし得だって言うけど、いったい、これのどこが、簡単で、かっこよくて、得なのかわからない。しかも、読んだり書いたりするのは、みんなのマネをしても覚えられない。こうやって落ちこぼれみたいに席に座らされて、ＡＢＣからやらされて、すっごく時間かかる。

英語のクラスで一緒のターミナはいま単語を覚えさせられていて、毎日先生がテストする。色別にレベル分けされていて、いまは黄色。ぼくは上から二番目のシルバー。wash と job は dog と cough と同じ音になるって教えてあげる。英語にはルールがある。日本語にもあるのかもしれないけど、あたりまえすぎていちいち気がつかない。でも、言葉が声になるとき、ぼくはその英語のあたりまえをけろっと忘れてしまうことがある。大笑いしたり、どなったり、遊びに夢中になってたり、焦ってたりすると、もうぜんぜんダメ。恥ずかしくて頭がかあっとなる。友だちにヘンなやつだとか思われたくないって思うから、みんながよく使ってる言葉を適当にマネして相づち打ったり、ごまかしたりしておく。なので、ときどき、英語で話すぼくは、ウソつきだと思う。
先生に、これからはマットがターミナの単語テストの答え合わせをやりなさい、マットにはおさらいになっていいからって言われた。ターミナがぼくを見上げてニコリとした。ちょっと自分が偉くなったみたいで嬉しかった。

ターミナも転校生で英語がまだあんまりしゃべれないけれど、ぼくと違うのは、クラスの女子に大事にされてるってことだ。特別扱い、ってわけじゃないけど、ザーリーとかレイチェルとかが、彼女の世話を熱心に焼いてる。ああいう口うるさい女子たちに逆らうと、あとがこわいので男子も遠目にみてる。ターミナがみんなの目を引くのは、あの頭に巻いてるスカーフのせいもあると思う。毎日違うのを巻いてくる。女子の髪の毛のピンとかリボンは制服のチェックの柄と同じ白か青か黄色って決まってるみたいだけど、ターミナの頭のスカーフは白でも雲みたいなふんわりしたのとか、青ならレースのフリフリがついたのとか、黄色だと教室のそこだけたんぽぽが咲いてるみたいなのとか、とにかく、家にいったい何枚スカーフもってるのかなって思うくらいいろいろ巻いてくるし、それがとても似合っている。スカーフなしのターミナって想像できない。女子とは思えないようながさつなエラとかでかいアビーまで、ターミナのこととなるとプレゼントの小包にするみたいにていねい。ああいう猛獣みたいな女子たちも怒らせるとあとがこわいから、男子もニンジャにはやっぱり手が出せない。男子のあいだでは、ニンジャには髪の毛が生えてないんじゃないかって噂《うわさ》されてる。はげてるから、いつも頭にグルグル布を巻いてくるんだとか、生えていても青とか緑色の髪の毛なのかもしれないとか。

ターミナの横に座ってテストの答え合わせをするたび、彼女の顔のどこかに髪の毛がないかなってじっと探してみるけど、頭はもちろんだけど、耳も首もかくれてる。おでこも半分くらい布で覆われていて、髪の毛なんか一本も見えない。でも眉毛があるんだから、髪の毛もあると思う。どの子をみても眉毛と髪の毛って似たような色している。だから、たぶん、ぼくとおんなじ黒い髪の毛。

リーディング・リカバリーと英語のクラスはランチタイムの前にある。図書室にランチボックスを持って行って、ベルがなったらその場で食べてもいいことになってる。その日もぼくは、いつもどおりサンドイッチを広げて食べ始めた。エイダンはなんにも持ってこなかった。水筒の水をがぶ飲みして、つまらなそうに、本を机の向こうにおしやって、うつぶした。ウィルソン先生が、外で遊んでらっしゃい、ってエイダンに声をかけたけど、エイダンはぴくりともしなかった。目を開いたまま死んだ魚みたいになってる。片方のほっぺたを机の上に押しつけたまま、おまえさ、こっち引っ越してきて、どうだった？　ってエイダンがとつぜんきいてくる。どうって？　って今までされたことのない質問にとまどっていると、

「おれさ、アメリカにいたとき学校でもどこでも、みんなから、おまえ、どこから来たんだってきかれて、うざかった。しゃべり方が田舎《いなか》くさいって言われた。そのうち、きかれなくなってほっとした。なあ、おまえ、知ってるか？　アメリカじゃ、フッティなんかやらないんだぜ、あっちは野球なんだ！　父さんと一緒に野球見に行ったんだ、すげえ楽しかったな。リトルリーグにも入ってさ、けっこう気の合うやつもいてさ。でも、こっち帰ってきて、またどこから来たんだってきかれる。ヘンなしゃべりかたするな、ってさ。うざい」

　ぼくはしゃべらなくっても、お店とかで、どこから来たんだってたまにきかれる。オーチャード・クリークですって答えると、そうじゃなくって、本当はどこの国から来たんだってきき直される。なんだ、そういう意味かって思って、日本って答えるけど、いちいちうっとうしい。

「ランチ、食べないの？」

エイダンは、ランチ忘れた、ってつぶやいた。この前も、先生にそう言ってた。

「母さん、赤ん坊で忙しい。忘れるんだ、おれのランチ」

「赤ん坊？」

「ずっとビービー泣いてる。あんなやつ、妹なんかじゃない。あんなチビ、嫌いだ」

エイダンはフンって鼻を鳴らした。母さんはおれがジャマだから、アメリカの父さんのところへ行かせてたんだ。いつも父さんの悪口ばっかり言ってたのにさ、急に、お父さんのところへ遊びに行けとかなんとか。帰ってきたら、あのチビがいた。おれより、新しいボーイフレンドと新しいチビがいいんだ。

ぼくはだまりこんでランチを食べようとした。でも、エイダンが元気なさそうで、でも、なにを言っていいのかわからないので、サンドイッチを半分にちぎって、エイダンの目の前に差し出した。エイダンは、ぼくをじっと見て、あたりをきょろきょろ見回すと、ぼくの手からすばやく取って口に放り込んだ。

お母さんの得意のフルーツサンドには、たっぷりの生クリームのなかにフルーツがいっぱいはいったのが挟まってる。エイダンが見たことないような驚いた顔をして口をもぐもぐ動かした。驚いた顔はだんだん、眉が下がって、鼻の穴が膨らんで、上のくちびるも下のくちびるも上向きに丸くなって、ほっぺたがピンポン球みたいにポコポコ踊る嬉しそうな顔にかわった。いつもまわりの人と空気をにらみつけるようにして歩いているエイダンしか知らなかったから、ぼくはちょっとびっくりだった。おまえの母さんが作ったのか？　って、こっちが聞いたことないような不思議そうな、照れくさそうな声を出すから、そうだよって、ますます膨らんでいくびっくりをひた隠しにして、なるべくふつうに答えたら、おまえんち、スシばっかり食べてるんだと思ってた、おまえの母さん、マジ料理うまいんだな、いいなぁ、って最後のところを口に押し込んだ。小指についていたクリームまで舌で念入りになめた。「いいなぁ」っていう最後のところの声がものすごく甘えていて、それを聞いたとたん、ぼくはそれ以上食べられなくなって、手にしていた残りの半分も、口を動かしながらそれをじっと見ていたエイダンにあげた。

その日も夜になって、いやいや補習校の宿題をやって、寝ようとしたころ、お父さんが帰ってきた。ベッドに入ってからしばらくすると、お父さんとお母さんの声がきこえてきた。だんだんと大きくなってくる。耳を澄ましてきいていると、男の声と女の声が砂嵐のように重なり合って、しだいに夜鳥の声を裏庭から遠くへ押しやる。ときどき、「真人」「まあくん」って単語が竜巻のように立つ。ベッドの足下で寝ていたチロがくうんとなく。ぼくはベッドを抜け出して、チロの頭をそっと撫《な》でて、裸足《はだし》のまま廊下に出た。その場にしゃがみこむとリビングのドアをちょっとだけ開けた。チロが出てきて、ぼくの後ろに座り込んだ。黄色い光がひとすじ、ぼくの足のつま先を踏みつけて廊下に流れ込む。だんだん、二人の口調が激しくなって、最後にお父さんがどなって、お母さんが泣いた。とつぜんドアが開く。真人、こんなところでなにしてるんだ、早く寝ろ、って仁王立ちしたお父さんに怒られる。声は静かだったけど、目から怒りがはみ出てる。あなたはこっちで好きに生きていけばいいわ、でも真人は東京に連れて帰りますからね！　って、お母さんの金切り声がとんだ。

「いやだ！」

ぼくはひとことそう叫ぶ。声がかすれた。小鳥のさえずりと乾いた骨のまじったような音。来年はこのままここで、みんなとハイスクールへ行くんだ、って言いかけてやめる。来年は、補習校もやめて、サッカーにもどるんだ、って言いかけてやめる。翔太も拓也もメールしたってスカイプしたって、ぜんぜん返事がこない、ぼくのことなんかとっくに忘れてる、もう友だちじゃない、こっちの友だちが友だちだ、って言いかけてやめる。いままでみたいに、嬉しいとか悲しいとか、それからさびしいとか言っても恥ずかしくならない、澄んだ声が出ない。帰るんなら、お母さんひとりで帰ってよ！　って叫んで、ぼくはリビングのドアを思いっきり閉めた。

翌日のランチタイム、エイダンは売店でチキンヌードルをオーダーしていた。ぼくも食べたことがあるけど、あんなにまずいチキンヌードル、食べたことがない。ぼくとターミナがランチを食べているところへ、チキンヌードルを両手で持ったエイダンがやってきた。おまえら、つきあってんのか、ってぼくらをからかう。エイダンの言葉にひっかかって、頭に来て、トラブルになるっていうのはもう何回も経験済みだから、ぼくは相手にしなかった。

ランチを食べ終えて、校庭でジェイクやケルヴィンやノアを探そうとしたら、エイダンがやってきた。おもしろいことやろうぜ、ってぼくを誘う。こいつのおもしろいことは、たいていヤバイからどうしようかと思ったけど、ひとりであのまずいチキンヌードルをすすっていた姿がちょっとひっかかっていて、とりあえずついていく。ふたりで男子トイレの便器のぜんぶにトイレットペーパーをありったけつっこんで、水を流す。水があふれ出す。床中水浸しになって、トイレに入ってきた三年生くらいのやつが「げえーっ！」って叫んで、出て行く。エイダンとぼくも逃げる。

ランチタイムがおわるベルが鳴るのと同時に、校長室で怒られる。いつもは、どっちがどっちに先になにしたって言い合いからはじまるけれど、今日は、男子トイレを水浸しにしたのは君たちかって校長先生にきかれて、ぼくらは、Yes.って同時に答える。いつもだったらエイダンはぼくのせいにばっかりするのに。

おもしろいことをぼくらは繰り返す。一年生の男の子のランチボックスをぼくがひったくって、エイダンが校舎の屋根の上に投げる。一年生が校庭とその上の青空をつんざくような大声で泣いて、見回り《ヤード・デューティー》の先生が飛んでくる。校長室に呼ばれる。その男の子のお母さんが来ていて、こんな悪い子がいる学校にうちの子を通わせられません、ってすごく怒る。間もなく校長室に呼ばれたぼくのお母さんがすみません、よく言ってきかせます、っていつもどおりあやまる。エイダンのお母さんは来ない。

メンテナンスのピーターの自転車のタイヤにエイダンがカッターナイフを突き刺す。ぼくはだまってそれを見ている。あのじいさんがなんで自転車にしか乗らないか知ってるか？　ってエイダンがきく。ぼくは知らない、って答える。あいつ貧乏すぎて、たぶん車が買えないんだよ、いつも同じボロい服ばっかかきてるじゃん、汚いジジイ、ってバカ笑いする。午後、全校集会でピーターの自転車をパンクさせた愚か者がいるって校長先生が顔を真っ赤にしてる。出てきなさい、今すぐ！　もうcross《腹を立てている》じゃなくってangry《激怒》になってた。エイダンはニヤニヤ笑ってる。ぼくはみんなが帰ったあと校長室に行って、エイダンがやりました、って校長先生に言う。なぜ、きみが知っているのかときかれて、そばで見てました、って答えると、今までみたことのないような悲しそうな顔をされて、マット、きみにはがっかりさせられた、って言われた。先生が言った disappointed《失望》に平手打ちされてぼくは校長室を出る。

次の日、エイダンとエイダンのお母さんが校長室の外で激しい言い合いをしていた。エイダンがお母さんに吠えてた。エイダンのお母さんの片腕に、人形みたいに小さい赤ん坊が挟まっていて、手足をバタバタさせて火の付いたように泣いていた。エイダンが赤ん坊に飛びかかろうとして、校長先生とオキーフ先生があわてて止めに入る。

「I hate you!（母さんなんか、大嫌いだ！）」

ってエイダンが体を揺すりながらわめく。わめき声がひきずるような泣き声にかわった。I hate you がエイダンを滅多切りにしてる。いちばん言っちゃいけない言葉だって、エイダンは自分でわかっていて言ってると思う。ぼくもそうだから。

その日のエイダンのおもしろいことは、クラスの男子みんなにとってもおもしろいことだった。ぼくにとってはあんまりおもしろくないことだったけど、ぼくはクラスの男子でもあるから、やっぱりおもしろがってたんだと思う。校庭でフッティしてた男子を集めて、オニを決める。オニに当たったぼくが、図書室から出てきたターミナに後ろから走り寄って、グルグル巻きにしてある頭のスカーフをつかみ取る。はらりと外れた空色のスカーフから、カールした黒い髪の毛があふれ出る。それを見た男子がいっせいに走って逃げる。

　キャー！　ってほかの女の子みたいにターミナは叫ばなかった。その場に立ち尽くして、ぼうぜんと動けなくなってる。ぼくもみんなの後から逃げようとしたけど、さっき一緒に答え合わせした単語カードが彼女の足下にいっぱい散らばってるのを見てしまった。run, son, flood, touch ぜんぶ cup の u と同じ音になるってぼくが教えてあげた。ぼくはターミナと一緒に単語カードを拾う。ありがとう、ってターミナが言う。ごめん、これ、スカーフ、ってぼくはあやまる。空色のスカーフを拾って、頭にかけてあげる。みんな、きみの髪の色は何色かって当てっこしてたんだ、ってぼくが言うと、ターミナがとつぜんクスクス笑う。小さな肩が揺れて、細い三日月のかたちをした口元にそよ風が吹き抜けるみたいに真っ白な歯がさあっと走り抜ける。ぼくはなんだかそわそわする。私は女の子、家族以外の人には肌も髪の毛もみせちゃいけない、みてもいい男の人は、お父さんとお兄ちゃんだけ、それと、うちの猫、男の子だけど猫はとくべつ、って彼女がぼくを見上げる。そして、いつのまにか髪をすっぽり覆った頭のスカーフに人差し指を突き立てた。これ、スカーフじゃなくてヒジャーブ、っていうの。ターミナの声がぼくののど元のあたりで、花のつぼみがひらくように、小さくほころびる。女の子の声っていうのは、雨のしずくに似ている。胸に一滴落ちると、さざ波が立つ。ごめん、って、もう一度あやまりながら、ぼくは、ヒジャーブからはみ出た額の黒いカールの一房を、指でヒジャーブの中に押し込んだ。

ヒジャーブ事件のあと、もうエイダンとはぜったいにつきあわないってかたく誓っていたのに、ひとりっきりのあいつ、お母さんにランチを作ってもらえないあいつ、お父さんと離ればなれのあいつ、みんなとクリケットしてても、フォーティー・フォーティー・ホームズしてても、カードバトルしてても、あいつが気になってしかたなかった。

またあいつに「おもしろいことしようぜ」って誘われた。断れなかった。

段ボール箱に子猫を入れる。学校の前に捨てられていて、数日前からみんなで校庭の隅にかくして、エサをあげたり抱っこしたりしている茶色と白のトラネコ。ターミナが毎朝ミルクをあげてる。生き物を大切にしなかったら、地獄に落ちるってお父さんにもお母さんにも、それからおばあちゃんにも言われているらしい。子猫の入った段ボール箱を抱えて、オーチャード・クリークの川辺にぼくらは行く。浅くて小さい川だけど流れがとても急で、「川に入らないで下さい」って書かれた看板が立っている。エイダンが段ボール箱を川面《かわも》に浮かべる。川の音でもかき消されないくらいの大声で子猫がないているのがきこえる。みるみるうちに、段ボール箱は川の流れにさらわれて、底から水を吸って色が変わっていく。ぼくはぎゅっと目を閉じた。聞こえる。川が「ナーナナナーナー！」「ヤーヤヤヤーヤー！」って歌ってる。

エイダンが箱に向かって石を投げる。ぼくは、エイダンを突き飛ばして、川に走って入る。服がいっぺんに体にはりついて鎧《よろい》みたいに重くなった。腰まで水に浸《つ》かったけど足は下についた。流されないようにゆっくり歩いて行って、岩と岩の間にひっかかって、いまにも沈みそうになっている段ボール箱に手をのばす。中にいた子猫を片手でつかんだとき、手の甲に爪を立てられて思わず振り払ってしまう。水の中にもぐって、目の前でもがいていた子猫を抱きしめる。またひっかかれるけど、こんどは死んでも放さない。子猫もぼくも息がとまりそうになる。やっと水中から上半身をあげて、制服のジャンパーの胸元に子猫を押し込む。子猫がすごい声でなきながら暴れる。ぼくは、子猫が飛び出さないようにジャンパーの上から両手で押さえつけて、川辺まで歩いて行って、砂の上に倒れ込む。秋の終わりの空気がずぶぬれの体に襲いかかってきて、一気に凍えそうになる。

　ちぇっ！　おもしろかったのに！　こんなチビ、いなくなればいいんだよ！　死んじゃえ！　そう言い捨てながら、エイダンが駆け寄ってきた。ぼくのジャンパーの胸元から頭を出していた子猫に手をのばそうとした。その手を払いのけて、ぼくは体をおこして立ち上がると、エイダンを突き飛ばした。エイダンが砂の上に倒れた。そのとたんにジャンパーの上から押さえつけていた子猫が地面に飛び降りた。ずぶぬれの体を振ると、ぶるぶる震え始めた。そして、一目散に橋のほうをめがけて駆け去った。子猫を目で追うと、橋の上から、ピーターが自転車を降りてこっちにむかってくるのが見えた。エイダンは、濡れた川辺に転がって砂まみれになって、母さん《Mom》、母さん《Mom》、ってお母さんを呼んでいた。こいつ、ほんとにアメリカ人みたいなしゃべり方する。それ、こっちでは目立ち過ぎなんだよ。

　助け起こしたぼくの腕にすがって、エイダンは泣きじゃくった。

　エイダンのお母さんがなかなか迎えにこないので、ぼくのお母さんが保健室のベッドにエイダンを寝かせる。ぼくは予備の制服を貸してもらって着替えた。校長先生が、最近のマットの行動には失望させられています、ってお母さんに告げる。お母さんは、いつものように、「すみません」としか言えないで、うなだれている。どうして、こんなことになったのかちゃんと説明しなさい、あの川には入ってはいけないだろう、って校長先生に詰め寄られて、ぼくは、エイダンとしたことをぜんぶ話す。ふたりで子猫を箱に詰めて川に流した。おもしろいことやろうってエイダンに誘われて一緒にやったけど、川に入っちゃいけないのもわかってたけど、こんなことしたら地獄に落ちるんじゃないかと思って急に怖くなった。エイダンが子猫に死んじゃえとか言ったので、腹が立った。それで頭に来て思わず突き飛ばした。となりでお母さんの震える声がして、本当に申し訳ありません、うちの子、ウソ、つきません。ほんとうに悪い子です。すみません。すみません。両手で顔を覆って、声だけじゃなくて全身が震えだして、髪の毛のピンが外れそうになっている。お母さんはふだんの英語はまだらにしかわからないのに、なぜかぼくが怒られているときの英語はよくわかっている。

校長先生がゆっくりした動作で立ち上がると、お母さんのとなりの席に座る。膝の上で両手をあわせて十本の指をしっかりと組む。一本の指にぶあつい金の指輪が、絶対の約束事みたいに嵌《は》まっている。ミセス・アンドゥ、マットは悪い子ではありません。マットの今日の行動がよくないのであって、こんなに正直に話ができる子が悪い子であるはずがありません。マットはまっすぐで、勇気のある子供です。校長先生は膝の上にあった力の塊をほどくと、こんどはお母さんの痩せた肩にそっと片手をおく。

エイダンのお母さんがやっと現れた。エイダンのお母さんはいつも以上に怒った目でぼくのお母さんをにらみつける。ぼくはその目を見ていると、ぼくのお母さんになにするんだよってどなりたくなる。そんなときお母さんはいつもだったら体を縮めてじっとがまんしているのに、このときはすっくと立ち上がった。エイダンのお母さんに向かい合う。すみません、うちの息子がエイダンくんにひどいことしました、ごめんなさい。でも、マサトはいい子なんです。とても、いい子なんです。

校長室を出ると、腕に子猫を抱いたピーターが待っていて、子猫を抱かせてくれる。半乾きの頭を撫でると、綿みたいな毛に指の先が埋まって、ぼくの指の形通りに毛並みに跡がついた。悪いことしている気がして、なんだか落ち着かない。ぼくんちは犬がいるから、猫は飼えない、ってぼくはピーターに子猫を返す。ピーターがぼくの手にひっかき傷を見つけて、ばんそうこうを取ってきてくれる。お母さんがそれを貼ってくれる。血はすっかり止まっていたけれど、大きなミミズみたいに腫れ上がっていた。帰り道、お母さんとぼくが歩いてたら、うしろからピーターが自転車でぼくらを抜かしていった。前のカゴのタオルの包みから、茶色と白のしましまの細い紐《ひも》みたいなのが見えた。ぼくは夕日が眩《まぶ》しくて目を閉じた。今日、ぼくは川から上がって水の冷たさを感じた。エイダンを砂の上に突き飛ばして、エイダンがかわいそうでたまらなくなった。お母さんにばんそうこうを貼ってもらって、傷がズキズキしてきた。自分の体のあとから、冷たいとかかわいそうとか痛いとかっていう感じが追いかけてきた。水の冷たさもかわいそうなのも痛いのも、倍になってぼくを責め立てた。ぼくはかなしくなってきた。ほんとは、はじめから、こんなことする前から、かなしかった。自分で自分の気持ちを置き去りにするのが、なんでこんなにかなしいんだろう。誰かに自分の気持ちを置き去りにされるのは、きっと、たぶん、もっとずっと、かなしい。

こっちはすっかり秋ね、日本は桜もとっくに終わっただろうし、そろそろ梅雨《つゆ》かしら、とお母さんが空を見上げ、坂の下に広がるオーチャード・クリークの街を見下ろす。レンガの家と赤茶の瓦の重なりが、ここは日本じゃないとぼくらにはっきりと教える。道の両脇には色づいた街路樹が松明《たいまつ》のようにならぶ。家々が小さな明かりを灯し始めた。街が今日も眠り始めた。聞こえてくる。秋の葉が風に揺さぶられて枝を離れ、血の色に燃えながら、命がけでさようならを叫んでいる。ぼくは、どっちの言葉で答えればいいか、わからない。日本の紅葉《もみじ》のほうがきれい。お母さんがため息をついた。

両手で耳をふさいで、目をぎゅっと閉じて、お母さんを後ろに残したまま、ぼくは坂道をまっすぐ駆け下りる。置き去りにされないようにぼくの体に絡みついてくる、ふたり分のたまらなくかなしい気持ちを、振り払いながら。

7　スクールコンサート

好きでもないことをやらされるのって、すっごくいやだ。補習校。漢字。それから、大勢の人の前で英語でしゃべること。去年の劇は、木の役で何にも言わなくってよかったけど、顔を茶色に塗られて立たされて、お仕置きされているみたいで死ぬほどいやだった。だからオキーフ先生に、今年の劇に出ろって言われたときは、もうどうしようかと思った。

でも、オキーフ先生が言うんなら、出てみてもいいって思った。

エイダンとつるむのをやめてから、しばらくたってみると、ぼくはまたクラスで取り残されたような感じがしはじめた。六年のこのクラスは、圧倒的に女子が多い上に、少数派の男子は下の学年からずっと仲のいいグループだったやつばっかりだ。六年にもなると、昨日と今日で遊ぶ友だちが違うっていうことはあり得ない。休み時間《リセス》はもちろん、グループワークでもペアワークでも仲のいい者どうしがいつもくっついてる。ちょっと浮いてるかなって思って、クラスの男子の輪の中に入ろうとしたけど、彼らの話題についていけない。家ではお父さんもお母さんもＮＨＫばっかり見てて、こっちのテレビってほとんど見せてもらえないから、ドラマの話とか歌の話とかアイドルの話をされてもぜんぜんわかんないし、ゲームも東京ではプレイステーション持ってたけど、こっちではお父さんが「せっかくこんなに自然がいっぱいあるんだから、外で遊べ」って言って、買ってもらってないから、Ｘｂｏｘとかのゲームの話にもついていけない。で、リセスやランチタイムには、あいかわらず教室の外でケルヴィンとかノアとかジェイクと遊ぶ。ケルヴィンの家もテレビもインターネットも中国語ばっかりだっていってたし、ノアはテレビは見るけどゲームはもってないし、ジェイクはサッカーのことしか頭になくて、ほかの男子たちがサッカーよりもっと人気のあるフッティとかクリケットをやっていても気にしないし、テレビとかゲームはもっとどうでもいいみたいだ。

その日は、今年のスクールコンサートでやる劇のメインの配役を全校生徒のオーディションで決めたところだった。今回は、童話の『人魚姫』のパロディーみたいなやつ。ぼくは去年のこともあるし、もともと劇なんか全然興味がなかったので、オーディションを受けなかった。今年もどうせ去年とおんなじで、だれにでもできる、どうでもいい役だと思っていた。主役は四年生のパイパーっていう女の子に決まったって発表があった。王子さまを救い出すために海賊たちとたたかうマーメイドのお姫さま。ランチタイム、ケルヴィンが立候補もしてないのに、またピアノ伴奏に選ばれたってものすごく嫌がってた。ケルヴィンはラブラドール犬が欲しいので、この一年コンテストに出まくっているけど、いつも二位とか三位で、なかなか優勝できない。はやく優勝して、犬を飼わせてもらって、ピアノをやめるっていつも言ってる。

「マット、海賊の役、やらないか?」

授業が終わったあとオキーフ先生に声をかけられた。オキーフ先生は机をはさんで向こうからぼくに話しかけている。例によって机の上はすきまなく物が置かれていて、書類とか文房具とかメガネとかティッシュとか、かじりかけのリンゴとか、それから、そのほかのゴミを順番にじっとみながら、ぼく、英語得意じゃないし、セリフ言い間違えてみんなに笑われるのは嫌だ、って答える。大丈夫だよ、この役、セリフがない。セリフのかわりに、ラッパ吹くんだよ。役名もちゃんとあるぞ。メインキャストなんだから。海賊っていっても、もともとは岩場にしがみついていた貝で、魔女に魔法をかけてもらって人間にしてもらったんだけど、貝だったころとおなじように声はなくて、話をすることはできないんだ。「これ台本」って言って、紐でとじた紙の束をぼくに渡そうとして机の下に落とす。かがんでそれを拾い上げようとして、机に頭をぶつける。その振動で、机の上であやういバランスをとっていた書類のタワーがぜんぶ崩れ落ちた。先生は床一面に散らばった書類にはぜんぜんお構いなしで、机の下に這いつくばってさっき落とした紙の束を拾い上げる。ゴミとほこりが先生にくっついて出てくる。くさってカビの生えたサンドイッチの包みを同時に見つけてゴミ箱に入れる。冬なのに、鼻の頭に汗をかいてる。ぼくは先生の手から台本を受け取った。先生が大きな前歯をぞろりと見せて笑った。

メインの役に選ばれた生徒たちは、毎日ランチタイムにホールで練習がある。ほかの役と違って、ぼくの「ピービー」っていうふざけた名前のついた役は、セリフがないのでちょっとつまらない。こんなんだったら、英語を笑われてもいいから、なにかセリフがある役がよかったかもしれない。ケルヴィンはずーっとキーボードの前で、同じ曲を繰り返し弾いている。そこ、もう一回、ってオキーフ先生がステージに向かって言うたび、ケルヴィンが場面にあわせて同じ曲を弾く。つまらなくない？　って彼にきいたら、ピアノなんてこんなもんだよ、毎日毎日、同じことの繰り返し、ご飯食べるのとか、着替えるのとか、歯磨きするのとかと同じだよ、っていつものようになんでもない顔をしてた。あいかわらず十本の指が鍵盤の上を正確に這い回っている。すごく簡単そうに見えるけど、一日三時間練習してるってきいた。ぼくがいやいや補習校で六年生で習う漢字百八十一字をやらされているのと、ちょっと違う。もしぼくが一日に三時間も百ます計算や漢字の書き取りをやらされたら、ぜったいに家出してやる。ケルヴィンは、ラブラドール犬のためだけに、そんな我慢ができるんだろうか、って不思議だった。

出番がくると、ぼくはステージの真ん中の木の枠を重ねて作った一段高いところでラッパを吹く。一番最初の日、そのまま突っ立って吹いたら、オキーフ先生に、マット、ここはどういう場面？　マーメイドが出てきて、ピービーはすごく驚いてるんだろう、だからラッパ吹きながら、そういう顔とそういう手と足をしてごらん。ほかの海賊仲間はパーティーで浮かれ騒いでいて、仲間を助けたくって死にものぐるいでラッパを吹いているピービーを見もしない。このとき、ピービーはどんな気持ち？　オキーフ先生にそうきかれた。みんなに無視されて死にたくなるくらいつらいと思う、ってぼくは答える。じゃ、そのように、って先生。ぼくは、ラッパを吹きながら、手足をバタバタさせる。オキーフ先生が、マット、その調子。もっと、必死な感じで。だって、死にたくなるくらい、なんだろう？　ピービーにはセリフがないから、言葉で言えないことを、体で表してごらん。きみが考えて自由にやっていいから。

無視されるのはつらい。あれは、すごくよくわかる。ちゃんとここにいるのに、いないふりされて、忘れられる。この学校に転校してきたころ、英語が話せないことよりもそっちのほうがずっとつらかった。叩かれたり、ひどいこと言われるほうがずっとマシだ。さっきは、無視されるのはどんな気持ちかってオキーフ先生にきかれて、死にたくなるくらいつらい、って答えたけど、あの惨めな気持ちときたら、言葉でなんかとても言い表せない。

言葉で言えないことを、体で表す。オキーフ先生はそう言った。考えて自由に。先生はそうも言った。自由って、ぼくの好きにしていいってこと？　どうしようかなぁ、ってあれこれ考えただけで、楽しくなってしまう。わくわくしてきた。でも、うまくいけばいいけど、失敗したら、ぜんぶ自分のせいになる。みんなに笑われるかもしれないし、嫌われるかもしれないし、また無視されるかもしれない。しかも、ぼくのせいで、劇が台無しになるかもしれないって考えると、やっぱ、あれもこれもやめておこうって思ってしまう。自由って、怖い。さっきの、よくわかんないなぁ、ってぼやいていたら、一緒にならんでホールを出るときケルヴィンが、ぼそっとつぶやいた。ぼくのピアノの先生も似たことを言う、まずは楽譜をきちんと読め、それから楽譜に書いてないところを考えて弾け、きみはピアニストで、ピアノ・ロボットじゃないだろうって。

よくわからないことって気になり始めると、頭のなかがざわざわしてきて、午後の授業でオーストラリアの歴史をやっていても、アボリジニのゲストスピーカーがディジュリドゥを吹いていても、放課後の校庭でジェイクとサッカーをやっていても、ピービーのことばっかり考えてしまう。その日は家に帰って、洗面所の鏡の前でチロを相手に、ラッパの代わりにリコーダーを吹きながら、練習をする。いま、ピービーが見ているのは、マーメイドのお姫さま。それにしても、あのパイパーっていう女の子はなかなかかわいい。でっかいビー玉みたいな青い目で、レモン色の髪の毛がむきたてのゆでたまごみたいな白い顔のまわりにまとわりついてる。手と足がすらりと長い。ちょっとニヤニヤしてしまった。いそいで眉間に皺《しわ》をよせて口をひきしめるけど、なんか違う。ピービーは、つかまえたマーメイドの結婚相手の王子さまを早く殺してしまわなきゃならない。その約束と引き替えに、魔女に人間になる魔法をかけてもらった。王子さまの血を飲めば、魔女は不死身になれるからだ。失敗すると、ピービーは海の泡になる。マーメイドはお姉さんたちと力をあわせて、王子さまを助けるために海から刀とか毒矢とかをつかって船を襲う。ピービーは気の毒な王子さまを殺すことも、酔っ払っている仲間を見殺しにすることもできない。ピービーにはセリフがないから、体を心に従わせなきゃいけないのかもしれない。それで、ぼくは背筋をピンと伸ばして、頭の中でマストにのぼって、ラッパを吹く。マーメイドがピービーめがけて短剣を投げる。台本には、「ピービー　最後のラッパ。マストから海に落ちる」ってあるけど、大声も出せないし、ただ落ちるだけでいいんだろうか？　ピービーはたぶん死んで海の泡になることよりも、無視されたり、忘れられたりすることのほうが嫌なんだ。それで、ぼくはピービーの悲鳴がわりにリコーダーを思いっきり吹いた。鼓膜が破けそうになった。チロがやっと顔をあげた。ぼくがこんなバカみたいなマネしてるのに、チロときたら、すぐに元通り体を丸めて、バスマットに寝そべったまま。

まあくん、宿題すんだの？　ってお母さんが台所から呼ぶ声がした。何回言ったらわかるんだろう、宿題は毎日じゃなくって、毎週金曜日にまとめて提出なんだってば。学校のハンドアウト《お知らせのプリント》にもダイアリー《連絡帳》にもサインしてるくせに、お母さん、連絡事項ちゃんと読めてるの？　まあくん、宿題は？　補習校のもやりなさいよ！　ってまたうるさい。わかったよ、ってぼくはなるべくふつうに答えようとしたけど、わかってるってば！　もう、いちいちうるさいんだよ！　ってイライラしてしまう。

　気がつくと、ランチタイムのホールでの稽古が一日で一番の楽しみになっている。教室にはぼくの居場所がないって感じがしていたけれど、劇の稽古にはちゃんとぼくの出番がある。英語のクラスやリーディング・リカバリーのクラスが長引いて遅刻することがある。そのときには、もうぼくの出番は済んでいたりする。でも、ぼく抜きでも、だれも何も言わない。いちど、ケルヴィンが学校を休んでその日の稽古は音楽抜きだった。なんであいつ、今日は休んでるんだよ、ってみんな不満そうだった。やっぱり音楽がなきゃ、調子でないなってオキーフ先生も言った。ピアノが弾けるケルヴィンが、自分のいないところでみんなに不服や文句を言われているケルヴィンが、ぼくはただただうらやましかった。

　七月の十八日、ぼくは十三歳になった。誕生日になにが欲しいときかれて、ぼくは何にもいらない、って答えた。ショッピングセンターに行って、Ｘｂｏｘ買ってあげようかってお母さんはいいながら、ぼくの大好物のマカロニグラタンを作っていた。ゲームなんかいらない。それよりも、ほんとうは誕生日に友だちを呼んで、パジャマ・パーティーっていうのをやってみたかった。みんなにうちに泊まりに来てもらって、一晩中遊ぶ、っていうやつ。でも、言えなかった。お母さんは、たまにぼくが学校のあと、ノアとかケルヴィンとかジェイクとかの友だちを家に呼んで、英語でしゃべりまくっていると、おやつを置いてすーっとどこかへいなくなる。なんか悪いことしたかなって気になる。翔太や拓也にしてたみたいに、嬉しそうにみんなにいろいろきいたりしない。それなのに、友だちが帰ると、あの子だれとか、どこに住んでるのとか、質問攻めにする。そんなの自分できけばいいじゃん、ってイライラする。

「真人。サッカー、やっぱり、やりたいか？」

お父さんがテレビを消してぼくを見た。ぼくはびっくりしてお父さんのほうを振り返った。サッカーっていう単語が飛び出ると、最近ろくなことが起こらない。ほら、また！　蒸し返さないでよ！　ってお母さん。お父さんはお母さんを見たけど、その声は完全に無視した。

「よし、こうしよう」

なに、ってぼくはこわごわ、期待する。お母さんは、背中を向けてしまっている。

ぼくの足下にいたチロがへんな咳《せき》をひとつした。六年生の漢字百八十一字を全部覚えられたら、補習校をやめて通信教育にかえる。サッカーに戻ってもいい。お母さんはだまって台所の窓の外を見ていて、こちらを向かない。オーブンを開けて、マカロニグラタンを入れる。いいか、約束できるか？　漢字、覚えられるか？　真人は日本人なんだから、できるだろう？　これがお父さんからの誕生日プレゼントだ。

「そういうの、やめてって言ってるでしょ！」

オーブンのドアをバタン！　と閉めて、エプロンで手を拭いながらお母さんが冷たい声で突っぱねた。エプロンのテントウムシが両手のあいだでゆがんでくるしそうだった。あなた、この子は日本だったらもう中学生のはずなの。中学生の漢字ならともかく、なにが、六年生の漢字百八十一字よ。そんなの当たり前でしょ。無責任なことしないで。だったら、なんのために真人を現地校へ入れた？　真人を現地校に入れるのはきみだって賛成したじゃないか！　外国経験もできて、英語がうまくなる、国際人になるいい機会だって！　確かに賛成したわよ、でも、もう英語は十分うまくなったじゃない。うまくなりすぎたくらいだわ！　あの子に英語でしゃべられると何言ってるのかわかんないのよ。自分の子供なのに何言ってるかわからないなんて！　もう、こっちの学校はおしまいにしたっていいんじゃないの？　待てよ、英会話のレッスンを受けてるんじゃないぞ、真人は。学校へ通っているんだ。学校教育を受けているんだ。学校をやめさせるっていうことが、どういうことかわかってるのか？　きみが日本に帰りたいからって、そんな中途半端なことして、真人まで巻き込むなよ！　任期は四年だって、最初からわかってただろ？　覚悟してきたんだろ？　もう、いやなの、いやなものはいやなの！　たしかに海外赴任は嬉しかったし、苦労人のあなたにも、これでやっとチャンスが巡ってきたって喜んだわよ。それに、私だってあれこれ計画もしてたんだから。でも、旅行で来るのと四年住むのって全然違うってよくわかったわ。私の考えが甘かった。認めるわ。でも、もう耐えられないの、あと何年もこんなところにいなきゃならないなんて！　こんなところ？　自分に都合の悪いことが起こると、きみはいつもそうだ。いつも謝って逃げるんだ！　こんなところって言うな！きみは努力をしていないじゃないか！　失礼なこといわないでよ、精一杯の努力をしたわよ！　あなたはいいわね、私なんかよりずっと英語もうまいし、こっちに馴染《なじ》んでいるから、そんなこと言えるのよ。英語がうまい？　こっちに馴染む？　そんなに簡単に言うな！　こっちは仕事でやってんだよ！　家族を養ってるんだよ！　よくもそんなことが言えるな？　きみにはなにもわかっていないんだ！　同じ会社だっていってても、こっちでは上司にしろ部下にしろ、オーストラリア人もいればイスラエル出身の者だっているんだ。本社は回覧用のメールを日本語で毎日送りつけてくる。「虻《あぶ》蜂《はち》取らず」なんて、どうやって訳せっていうんだ？　国籍も人種も文化もさまざまな社員たちとうまくやっていくのにどれほどおれが努力してるか、日に何十回辞書をめくってるか、きみはまったくわかっちゃいない！　いままできみには感謝してきた。日本でもこっちでも、家のことにしたって子供のことにしたって、ずっときみを頼ってきた。こっちに来るのに、仕事まで辞めてもらったんだ。でも、おれがここでのこの生活を支えていることを、当然のように思っているきみに、そんな言われ方をされる筋合いはない。真人だって、気性の激しいところはあっても、他の子供とケンカして親を困らせるような子じゃなかった！　あのまばたきするのだって、ストレスからきてるんじゃないか？　サッカーしてるときは、あんなじゃなかった。あなたの言うとおり、あなたの努力も真人のストレスも私にはわかりませんよ、わかりたくてもその機会さえないじゃない？　仕事もしてない、英語もしゃべれない、ひとりで医者にだってかかれない、真人の学校の先生の言うことだって理解するだけでせいいっぱいよ、こんなの、幼稚園児以下だって言いたいんでしょ⁉　でもたとえ英語がしゃべれたって、ここの人たちはやっぱりここの人とつきあうでしょ。私たちだって、日本にいたらガイコクジンとつきあう必要がないかぎり、わざわざガイコクジンとつきあわないじゃない。私の言っていることわかる？　それに、真人は子供だからどっぷり馴染んでしまってるのはともかく、あなたは単なる外国かぶれじゃないの？　なに夢みたいなこと言ってるのよ、会社を辞めて、こっちで中古車の輸入業を始めたいですって⁉　あなた四十越してるのよ？　おかしくなったんじゃないの？　私は絶対にいや、永住なんて絶対にいや！　こんなところで死ぬなんて絶対にいや！　やるならあなた一人残ってやりなさいよ、私は真人を連れて帰りますから！　帰りたかったら、きみひとりで帰ってくれたらいい。でも、真人は置いて行けよ、やっとこっちの学校にも慣れて、友だちだってできたんじゃないか！　真人はなんにも言わないけど、そりゃ大変だったと思うぞ。きみは本当にわかっちゃいない。あんなに毎週楽しみにしてたサッカーもやめさせて。中途半端に連れて帰ってどうしようっていうんだ？　宙ぶらりんでかわいそうすぎるじゃないか！　あなたと真人だけでどうやって生活できるの？　食事は？　洗濯は？　買い物は？　できないでしょ！

ああ、またはじまった、ってぼくはサッカーがまたできるかもしれないって期待するのをやめて、自分の部屋に行こうとした。電話が鳴った。お父さんとお母さんがふと口ゲンカをやめる。おまえが取れ、ってぼくにむかってふたりが目で合図する。ぼくは受話器をあげた。真人？　お姉ちゃんだけど。お母さん、いる？

お母さんに受話器を渡す。いつもなら電話代が高いっていって、日曜日にスカイプしてくるのに。お父さんも不審そうに、お母さんが受話器を耳に当てるのをじっと見つめてる。

お母さんは、ずっと黙ったまま。いまから、すぐに帰る、って一言を残して、受話器を置いた。お母さんは、オーブンのタイマーとスイッチをオフにした。エプロンをはずす。その場に立ち止まって、ぼうぜんとしている。アップリケのテントウムシにホワイトソースが水ぶくれみたいに飛び散っていた。

「父が倒れたの。さっき、救急車で運ばれたって。恭子と浩一《こういち》さんがつきそって、病院に向かったって」

お父さんが、すぐに荷物をまとめろ、ってお母さんに向かって大きな声で言った。空港に電話をかけて、成田行きのフライトがないか確認した。あいかわらず、めちゃくちゃわかりやすい日本語英語。

三十分ほどして、ボストンバッグひとつを持ったお母さんを乗せて、ぼくらは空港に向かう。夜七時のフライト。お父さんが電話をかけた時点で、一席だけキャンセルが出ていて、すぐにチェックインしなきゃいけないっていうことだった。とりあえず、きみだけ先に行け。お父さんが運転しながら助手席のお母さんに話しかけている。お母さんは返事もできないで、膝のうえのボストンバッグを抱きかかえるようにして頷《うなず》いている。後ろに乗っていたぼくは、一緒に飛び乗ってきたチロをしっかりと抱きしめる。チロののど元になんかぐりぐりしたのがあった。空はあかね色に染まりかかっていて、暗い青色のところが、大きな口のように穴をあけている。ぼくらの車はその口に吸い込まれるように走る。

お父さんの携帯電話が鳴った。お父さんのポケットから、お母さんがそれを抜き取って、おそるおそる手にする。お母さんは英語の電話をとるとき、ハローってビクビクする。でも今はもしもし、って日本語だった。

ぼくはしっかりと目を見開いて、お母さんの髪、耳、鼻、口、そして目をななめうしろから見つめる。目の下のくぼみに、沼のような影がたまっていて、まばたきするたび、クモの足のような睫毛《まつげ》がそこを不吉にひとなめする。

「ごめんね、恭子。なにもできなくって」

おばさんに謝ってから、お母さんは、明日の朝六時に成田に到着だということを告げる。ごめんね、ごめんね、ごめんね、と何度も繰り返す。電話を切ってから、間に合わなかった、救急車で搬送中に、もう、って運転中のお父さんの横顔にとぎれとぎれに話しかける。阿佐谷のおじいちゃんが死んだ。

「遠すぎる、遠すぎるのよ、遠すぎるんだってば！」
とつぜん、夕立みたいな激しさで、お母さんの頬に涙の矢が降りはじめる。ハイウェイの両脇の街路灯が、バックミラーにオレンジ色の糸を引いていく。女の人の悲鳴が、その糸の上に転がっていく。車はスピードを下げないで、まわりの暗闇を切り裂くように進む。空港につくころには、親の死に目にも会えないなんて！　こんなところなんか！　こんなところなんか！　って、お母さんはお父さんを小さなげんこつで繰り返し叩いた。お父さんは、車を駐車場に停《と》めると、ハンドルを握ったまま背中を丸めて、すまない、とつぶやいて、お母さんに叩かれるままになっていた。

次の日には、お父さんとぼくも東京だった。成田空港を出たとたん、うだるような暑さで頭がぼーっとした。ぼくはパーカーを脱いで、シャツの袖をめくった。時差ぼけならぬ季節ぼけだ、ってお父さんもジャケットとセーターを脱いだ。道路の標識もお店の看板も日本語で書いてあって、まわりの人もみんな日本語をしゃべっていたので、ちょっとおどろいた。空港からそのまま阿佐谷のおじいちゃんちに行った。もう夜でお通夜をやっていた。知らない人がたくさん来ていた。よその家に来たみたいだった。おばあちゃんはぼくの顔を見るなり駆け寄ってきて、まあくん、大きくなって！　疲れたでしょう、遠くなのに急にごめんね、ってあやまった。ほんとにとつぜんだったの、倒れる直前までいつもどおり元気だったのよ、朝は一緒に買い物へ行って、その帰り道、公園でお散歩したんだから、ついこのあいだリタイアして、これからはふたりで旅行にでも出かけようって言ってたのに、って声をつまらせた。それをきいていると、おばあちゃんがすごくかわいそうになってきた。座敷には祭壇があって、その前に棺桶《かんおけ》があった。ちょっと怖い。おそるおそる棺桶の中を覗《のぞ》いてみた。おじいちゃんは眠っているようにしか見えない。ほっぺたに触ってみる。氷みたいにひやっとして、ぼくは手をひっこめた。

翌日の土曜日はお葬式だった。ぼくはお母さんがあわてて買ってきてくれた白いシャツと黒のズボンを着た。お葬式のときは、なんで黒い服を着るの？　ってお母さんにきいたら、黒は悲しい色だからよ、って言ってた。棺桶の蓋が閉まるとき、山女の白いセーラー服を着たお姉ちゃんの横に並んで、白の着物を着たおじいちゃんの周りを白い菊の花で埋めた。黒よりも白のほうが、悲しいなって思った。お母さんがハンカチで口を押さえて泣いていた。それを見てたら、ぼくもお父さんが死んだらどうしよう、って考えてしまってぞっとした。

焼き場に行って、おじいちゃんの骨をみんなで拾った。係の人が、こちらのお骨が

「喉仏《のどぼとけ》」でございます、ってぼくらに説明してくれた。ぼくはその

「お釈迦《しやか》様が座禅を組んで、合掌している姿に似ている」という骨をお姉ちゃんの後ろに隠れるようにして、じっと見つめた。真っ白で、先が尖《とが》っていた。そうかなぁ、似てるかなぁ。だけど、そう言われると、先のところが頭みたいだな、形もなんとなく仏様が座っているように見える。最後におばあちゃんがそれを大切そうに拾った。

日曜日の朝は蟬《せみ》の声で目が覚めた。なんで蟬がないてるんだろう？　あ、そうだ、日本だ、ここ。しばらくふとんの上でぼんやりしていると、おばあちゃんの声が蟬の声に混じった。「もう帰るの？」「あっちもそろそろ夏休みじゃないの？」「真治《しんじ》さんはお仕事があるから仕方ないけれど、まあくんだけでもゆっくりしていけないの？」。あっちはいま冬なんですよ、真人はついこのあいだ冬休みが終わったところで、新学期もはじまったばっかりだし、ってお父さんが返事しているのも聞こえた。それを聞いたとたん、ぼくはタオルケットをめくってがばっと起き上がる。ヤバい、明日までに遠足《エクスカーシヨン》の参加許可書にサインしてもらって学校にもっていかなきゃならないんだった、サインといえば、ダイアリーに先週分のサインをまだしてもらってない。今週はランチオーダーを集める当番にもなってたんだっけ。それに、劇の稽古！　ノアんちに預けてきたチロはいまごろどうしてるだろう？　ひとんちなんて泊まったことな

いから大丈夫かなぁ……。気になってることとか、約束とか、心配事がいっぺんに頭の中に押し寄せてきて、朝ご飯を食べているあいだもなんか落ち着かない。目の前で優里亜姉ちゃんとお姉ちゃんがご飯を食べながらぺちゃくちゃしゃべっていた。このふたりが黙ってたのはお通夜とお葬式のときだけだ。お父さんと浩一おじさんは、となりの座敷でお香典の金額を数えたり、電話をかけたりしていた。こういうとき、やっぱり男の人は頼りになるわね、まあくんも今に頼もしくなるわ、って恭子おばさんがお母さんに言った。お母さんはあいまいな顔していた。出発前、最後にもう一回、おじいちゃんの遺影に手を合わせた。車に乗るときお姉ちゃんが出てきて、真人、誕生日だったでしょ、今年は何のお祝いしてもらったの？　って言った。今年はプレゼントなんかもらってないし、マカロニグラタンも食べてないし、誕生日を祝ってもらうどころか、お父さんとお母さん、ものすごい夫婦ゲンカしてた、このところ、夫婦ゲンカばっかしてる、ってお姉ちゃんにぜんぶ言ってしまいたくなった。誕生日って感じしなかった、ってぼくはなるべくふつうに答えた。そばにいたおばあちゃんがすまなそうな顔をして、まあくん、そうだったの、お誕生日だったのね、おばあちゃん、なんにもしてあげられなくってごめんね、ってまた目の周りをしょぼしょぼさせた。おばあちゃんの顔を見ていたら、どうしてかわからないけれど、泣きそうになった。

うつむいてだまっていると、お父さんが、今度はお墓参りに帰ってこような、ってぼくの顔を覗き込んだ。恭子おばさんが、お墓って一体どうやって買うのかしら？　って不安そうに浩一おじさんの方を向いた。お母さんは黙りこくったまま、垣根のところでじっとお父さんとぼくを見ていた。お母さんはいろんなことが片付いて落ち着くまで、お姉ちゃんとしばらく東京にいることになったから、ってお父さんが言っていた。垣根に咲いた朝顔はどれも、お母さんの顔と同じくらい青かった。

空港には浩一おじさんが送ってくれた。三鷹《みたか》の家にちょっとだけ寄ってもらった。玄関のドアを開けるなり、この家、こんなに天井が低かったっけ？　って思った。むこうに持って帰りたいものがあるなら取ってこい、ってお父さんが言うので、ぼくは階段を上って自分の部屋に行った。窓が閉め切ってあって、まるでサウナだった。ベッドの横のカレンダーは去年の三月のままになっていた。ベッドの下にゲーム機がしまってある箱が見えたけど、持って帰っても電圧が違うので使えない。本棚の前に立って、マンガの本を取りだした。飛行機の中で読もうかなって思った。でも、何回も読んだからもういいやって、本棚に戻した。机の上には黒いランドセル。ランドセルの上には通学用の帽子が乗っかっていた。椅子の背もたれには、サッカーのときいつも着ていたウィンドブレーカーがかかっている。着てみた。袖も丈も短い。きゅうくつですぐに脱いだ。棚の上に習字コンテストの賞状とサッカーの試合でもらった金色のメダルが飾ってある。それに手を伸ばそうとして、翔太と拓也とぼくが写っている写真を見つけた。三人でカレーを食べてる。五年生の林間学校のときのだ。写真を裏向けにひっくり返して、ひきだしを開ける。なにこれ、いっぱいゴミが入ってるじゃん！　って思ったら、むかし集めていたシールだった。

「真人くん！　急げ！　そろそろ行くぞ！」

下から浩一おじさんの声がした。部屋をもう一回見回した。ベッドも、勉強机も、ランドセルも、ぼくなんかいないみたいに静まりかえったまま。クローゼットの扉のところに何かの布が挟まっている。茶色と赤のチェックの柄。

「わかった！」

クローゼットのドアを開けてそれをひっつかむと、ぼくは部屋のドアをばたんと閉めて階段をいそいで下りた。

オーストラリアに戻ったのは月曜日のお昼。空港ラウンジに着くと、デジタルの電光板には「現在の気温７℃」。お父さんはそれを見ただけで震えていた。家に帰ると、セントラルヒーティングがこわれていた。カンベンしてくれ、今日はもう休ませてくれ、ってお父さんはソファーに倒れ込んでぐったりとした。次の日の朝、頭がズキズキするっていいながら、お父さんは会社へ行った。真人は今日も休んでいいぞ、ってお父さんに言われたけど、ひとりでこんな北極みたいに寒い家にいたくなかったので、ぼくも学校に行った。早かったたな、ほんとに日本に行ってきたのかってオキーフ先生にびっくりされた。リセスの時間、ケルヴィン、ノア、ジェイク、それからコナーとサム、トーリたちとフッティをやった。ランチタイムは劇の稽古。ホールに入るとみんなに「ピービーが復活だ!」って囲まれた。

夕方、ノアんちから帰ってきたチロを散歩に連れて行った。空が暗くなると、吐く息が白く凍った。坂道のてっぺんにきたとき、頭の真上に寒さで縮こまったような雲が見えた。真っ白で、先が尖っていた。雲はぼくの頭の上で座り込んだまま、夕焼けに焼かれてめらめらしはじめた。

「真人」

どこかでだれかがぼくを呼んだ。声のしたほうを振り向いてみたけれど、誰もいなくて、景色のそこだけぽっかりと穴があいたみたいになっていた。ぼくは立ち止まって穴を見つめた。穴がぼくを見つめ返してきた。もういちど穴に呼ばれた。空耳なんかじゃない。おじいちゃん?　ってぼくは声に出さずに穴に呼びかけてみた。次の瞬間、冷たい風が吹き抜けて、穴はろうそくの火のように揺れて消えた。
チロがワンと吠えて、こんどはぼくのどこかに暗い穴があいた。

三学期のなかば、いよいよスクールコンサート当日となった。開演時刻は午後七時半。夕食をおえた家族がそろって学校のホールに集まってくる。お父さんは今夜、会社のミーティングがあってコンサートに間にあうかどうかわからない。お葬式から戻ってきてからお母さんがいないので、夕食は毎晩だれかの家で食べさせてもらうか、お父さんが買ってくるか、買い置きしてある缶詰ですませるかしている。昨日は隼斗んちで山崎さんのおくさんにハンバーグを食べさせてもらった。その前は、週末ずっとノアんちに泊まりに行った。松浦さんのおくさんがお寿司《すし》を作ってきてくれたこともあった。おばさんも、前にドイツにいたとき同じようなことがあってね、真人君のお母さんの気持ち、わかりすぎるくらいよくわかるの、って松浦さんのおくさんは涙ぐんだ。

今日は、学校が終わるとジェイクのお母さんが迎えに来てくれた。そのままジェイクんちでピザを食べさせてもらって、シャワーを浴びて、ステージ用の衣装に着替えた。ジェイクとぼくは、おたがいの顔にフェイスペインティングをやりあいっこした。

「マット、来年のハイスクールはもう決まった？」

ジェイクのお母さんがデザートのアイスクリームを渡してくれながらきいてきた。ぼく、来年は日本に帰るかもしれないから、こっちのハイスクールには行けないって言いかけてやめる。ジェイクにどこへ行くのかきいてみた。彼はエヘヘと笑って、決まったら教えるよ、って、ぼくが描いたドクロマークのついたほっぺたをふくらませて笑った。

ジェイクの家族と一緒に車で学校に着く。駐車場から車があふれていて、中庭の芝生やバスケットコートにまで車が停められていた。ホールは人でいっぱいで、立ち見が出ているくらいだった。去年は気がつかなかったけれど、ホールの入り口でみんなお金を出している。お客さんは生徒の親とかおじいちゃんとかおばあちゃんだけじゃなくって、オーチャード・クリークのコミュニティー全域から来るということだった。寄付されたお金は、学校の設備を買うのや、屋根の修理に使われるんだって校長先生が話していた気がする。ぼくは舞台裏に入る前に、お客さんでいっぱいのホールをもういちど見渡す。ステージには、いつもはたたまれている赤いビロードのたっぷりした幕が引かれていて、マイクがセットされた朗読台にだけスポットライトが当たっている。舞台の向かい側正面のバルコニーに大人の男の人が三人いて、カメラをのぞきこんだりスピーカーをいじったりしている。ステージの際では、だれかがお金を数える音。主役のパイパーが現れて、スタンバイした。一瞬誰だかわからなかった。キラキラのステージ衣装を着て、化粧までしてる。まわりを見渡すと、みんな、誰が誰だかわからない。ノアも全身ビニールのビラビラがついた服を着て、顔は真っ白に塗ってあるし、クラゲにしか見えない。客席ではお客さんの話し声が、海藻のように下から上に向かってうねりさわいでいる。ドキドキしてきた。――もしも魔法があるとしたら。

開演のブザーが鳴った。ぼくは片手に持っていたラッパを握りしめた。

三幕目。リコーダーの演奏とケルヴィンのキーボードの伴奏にのって、海賊たちがデッキの上でパーティーをはじめる。

「ブレイブ・マーメイド」

ACT3　シーン2

海賊たちは縄で縛り上げた王子を取り囲んで、酒を飲み、歌をうたい、陽気に騒ぐ。音楽「村のかわいい娘さん」。

パール姫　（海の上に頭を出し、デッキを指さしながら）見て！　あそこよ！　王子さまが見えるわ！

姉2　（大声で）みんな、用意はいい？

姉1・3・4・5・6　（武器を水面に振りかざしながら）いいわよ！

ピービー　（マーメイドたちに気がつく。デッキの上を走り回る）

効果音「嵐」導入。

姉3　（片手をかざし、デッキのほうを見やりながら）いましかない！

ピービー　（酔っ払っている海賊を揺り起こしたり、たたいたり、あわてふためく）

姉1　（ピービーに気づいて、妹たちに合図を送る）

マーメイドたち、静止。いっせいにピービーを見上げる。

ピービー　（王子の縄を解《ほど》く。マストによじ登って、ラッパを吹く）

パール姫　見つかったわ！

姉5　でも、だれも気づいてないじゃないの！

ピービー　（ラッパ）

姉4　あんなラッパの音なんか、だれもきいちゃいない！

パール姫　（腰に差していた短剣を抜き取り、ピービーに狙いを定める）

音楽、効果音、ボリュームあげる。

グレッグ王子　（デッキで立ち上がり、必死にマーメイドたちに合図を送る）
彼は友達なんだ！　王子のぼくにはじめてできた友達なんだ！
やめてくれ！　パール姫！

マーメイドたちは王子に気づかないまま、いっせいにピービーを見上げる。

ピービー　（ラッパ）
グレッグ王子　（大声で）やめろ！
パール姫　（短剣を放つ）

シンバル。音楽、効果音、停止。

ピービー　（最後のラッパ。マストから海に落ちる）

ピービーのみ照明のあと、ステージ照明全消灯。

何百という目が見つめるなかで、ピービーがマストを踏み外す。ピービーは海にいきおいよく落ちる。どこかで、小さい子の叫び声があがる。客席にどよめきが広がる。口笛も聞こえる。「ピービー！」って誰かが舞台から消えたピービーを悲鳴まじりに呼んでいる。三段重ねのマットレスの上でぼくは大の字になった。やった、うまくいった。ほっとして、大きな息が出た。

——怖かった。でも、最高！

腰をかがめて波に身を隠し、舞台裏に滑り込んだ。お客さんの拍手喝采が追いかけてきた。マット、大成功だったな！　マット、かっこよかったぜ！　って舞台裏にいた子たちが肩を叩いたり、「ハイファイブ」してきたりした。

オキーフ先生が目の前に立っていた。お客さんと同じように拍手してくれている。この寒い夜にTシャツと短パン。靴下が左右バラバラ。

こんな魔法にならなら、なんどでもかかりたい。ピービーになんどでもなりたい。ヘンな名前をつけられて、口がきけなくて、無視されて、仲間はずれにされて、ひとりぼっちで。でも、最後には舞台から姿が消えてからもあんなに拍手してもらった。ぼくも、ぼくがちゃんとここにいることを、だれかに見てもらいたい。とにかく、もういちど、ステージに立ってみたい。お客さんの拍手がききたい。

その願いはすぐに叶《かな》った。劇の最後にメインの役がひとりずつステージであいさつした。ケルヴィンが、まわりの拍手につられたのか必死になってキーボードを弾いていた。ぼくがステージに出ていくと、ひときわ大きな歓声が湧きあがって、お客さんがいっせいに立ち上がった。「ピービー!」って叫んでいる大声になぎ倒されるようになって、スポットライトを独り占めした。体じゅうに、言葉では言い表せない気持ちがどくどくと駆け巡っていった。思わず、客席に向かってもう一歩大きく前に出た。そして稽古通り、右手を胸に当て、左手を伸ばしてお辞儀した。顔を上げると、ステージの斜め上のバルコニーにお父さんが立っているのが見えた。お父さんの口元だけが「ピービー!」じゃなくて、「マサト!」って叫んでた。

劇が終わった後の14番教室。窓の外には、リンゴのように赤い月があった。魔法は夜の教室にもかかる。机の一番上のひきだしから、オキーフ先生は古ぼけたアドレスブックを出した。大切なものは少しでいい、見失わなければ、とオキーフ先生。いちど、ハイスクールの劇を見ておいで、ってささやいて、ぼくにウィンクすると、携帯で電話をかける。この机からなにかがすぐに出てくるなんて、初めて見た。

うだ。

8　ワトソン・カレッジ

決められた学校《ハイスクール》へ行かなきゃならない子が半分くらい。どこのハイスクールに行くかは、親が決めることが多いから。でも、残りの半分は自分で決める。ぼくが、そうだ。

土曜か日曜になると、六年生のほとんどの子がハイスクールのオープンデーっていう学校見学とか入学説明会みたいなのに出かけているらしい、ということにようやく気がついたのは、冬がおわりかけていたときのことだった。こっちでは小学校を卒業したら、六年制のセカンダリーカレッジとかハイスクールとか呼ばれる学校へ進学する。クラスの半分くらいは、来年、地元のオーチャード・クリーク・ハイスクールに行くみたいだけど、残りの半分はどこの私立に決まったかっていう話でもちきりになっている。ケルヴィンはもうとっくのむかしに、なんとかグラマースクールっていうところに決まっていた。ケルヴィンのお兄さんはケルヴィンより五歳年上の十一年生で、そこの寄宿舎に入ってるんだって言った。なんでもそこは男ばっかりらしい。ノアは公立のオーチャード・クリーク・ハイ。彼のお父さんも、おじいさんも、そこに通ったんだって言ってた。公立でも私立でも、願書を提出するだけでいいところ、試験を受けなきゃならないところ、推薦状がいるところ、たくさんお金がいるところっていろいろらしいけど、ぼくには関係ないや、って思ってた。こっちの小学校を卒業したら、東京だから、って。

この土曜日はラッキーなことに補習校は休みだった。中等部の模試があるからだ。ぼくはこの日、お父さんにはじめてウソをつく。

「ジェイクと遊んでくる」

「あんまり遅くなるなよ」

こっちの人みたいにつばの広い帽子をかぶって、お父さんは前庭の芝生を刈っていた。同じ会社のオーストラリア人が薦めてくれたメーカーの芝刈り機を買ったのが少し前。それ以来、お父さんは休みの日には必ず庭の芝生を刈る。家の大家さんは、ぼくたちが来てから庭がきれいになったって喜んでる。チロはお父さんが芝生を刈り始めると、あの大きな音を怖がって、あわてて家の中に入ってしまう。

学校のコンピューターからプリントアウトした地図とぼくの全財産をポケットに突っ込んで、家のすぐそばのバス停からバスに乗って出かけた。駅に着いて、乗車カードの買い方がわからなくってもたもたしてたら、うしろに並んでいたおばさんにじろじろ見られた。モント・アルバートまではサッカーの試合で行ったことがある。キャンバウェルで路面電車《トラム》に乗り換えて、街中に出る。そこから先は行ったことがないから、窓の外をずっと見ていて、どこで降りたらいいのか不安でたまらなかった。ポケットに手を突っ込んで、お金をなくしていないか何回も確かめた。大きな学校だから、ぜったいに見逃さないってオキーフ先生が言ってたのもあるけど、オープンデーの飾り付けと人混みですぐにわかった。オキーフ先生の友だちの先生が教える学校で、オープンデーの催し物として、ミュージカルが上演される。ハイスクールの劇を見ておいで、いいものを作るにはいいものを見ておかなければならない、そしてなによりも楽しんでくること、オキーフ先生はそう言ってくれた。

正面の入り口でパンフレットとか風船とかお菓子とかをもらって、中に入る。レンガの門をくぐると、ポプラの並木のある大通りぞいに『ハリー・ポッター』の映画に出てきそうな建物が、ずらーっと建ち並んでいる。どこへ行ってなにをすればいいのかわからなかったので、じっと立っていたら、上級生らしいお兄さんに声をかけられた。どれかワークショップをやらない？　って誘われて、「音楽」「カップケーキ作り」「アニメーション」「ロボット作り」「科学実験」「乗馬」……、こちらもずらーっと並んでいたいろんな種類のワークショップのなかに、「サッカー」を見つけて名前を書いておく。なんでもこの学校出身の有名なサッカー選手が来るらしい。在校生との試合もやらせてくれる。そのあと、中庭のインフォメーションデスクでマクガイアホールはどこですか、ってきいたら、今度は制服を着た上級生の女の人が連れて行ってくれる。ここにも人がいっぱい。なんだか一人で入るのが怖くなって、もじもじしていたら、ハンプティ・ダンプティに似た、ツルピカ頭のネクタイをした男の人に声をかけられた。

「マット？」

ぼくはうなずく。すると、がっちりと握手をされて、私がアレキサンダー・キャンベルだ、マイク・オキーフの友だちだ、と自己紹介されたので、ぼくも、マットです、って自己紹介。ぼくのために取っておいてくれた席に案内されて、ぼくはひとりで一時間半ほどのミュージカルをみる。ここにケルヴィンがいたらなあ、って思う。これだったら、ピアノも「ご飯食べるのとか、着替えるのとか、歯磨きするのとかと同じ」じゃなくなると思う。劇と音楽が一緒になっていて、ときどき何言ってるのかわかんなかったけど、マジすごかった。ぶっ飛びそうになった。ハンパない。あれが、ぼくとそんなに年の変わらない、ハイスクールの生徒だなんて、とても信じられない。めちゃめちゃ歌がうまい。歌いながらステージを飛び回って、息も切らさないでポーズを決めている。衣装も照明もステージもシアターそのもの。ステージのスポットライトをひとりじめにしている男の人が、オーケストラの曲に乗せて歌って踊る。スタンディング・オベーション。拍手。口笛。魔法はステージの人だけじゃなくって、お客さんにもかかるってことがわかった。ああ、ほんとにすごいや……。ミュージカルが終わっても、しばらくぼーっとしてしまった。お客さんが席を立ちだした頃、キャンベル先生がやってくる。ぼくのとなりの席に座った。

「マイクからきいたけど、劇に出たいんだって？」

「出たい！　でも、ぼく……」

「でも？　ぼく？」

きょろきょろとよく動く緑色の目が、ぼくのあちこちを見て、なにかを探し回っていた。

「ぼく、なんにも、できない。ぼくは、だめなんだ」

勉強もできないし、英語もまだ笑われるし、漢字も忘れかけてるし、いつも校長室に呼ばれてるし、サッカーもできないし、ポニーにもひとりでのれないし、ピアノも弾けないし、なんにも、なんにもできない。ぼくは、だめなんだ。今まで胸の泥沼に沈めておいたことが急に浮かび上がってきて、泥人形のぼくは、しゃべりだしたらとまらなくなった。ホールに残されたスポットライトがぼくらふたりの背中を照らしていた。グズグズと鼻水が出てきて、目から出た水といっしょにぼくはパーカーの裾で拭った。

「だったら、きみをあの舞台に立たせるわけにはいかないぞ！」

キャンベル先生のどなり声がして、鼻水も涙もひっこんでしまう。

「マット。いま、ここで、私に約束しなさい。ぼくはだめだなんて二度と口にしないこと。だめな人間なんて、私の知る限り、この世にひとりもいない。言葉っていうのは、ウソのことでもホントのことに変える恐ろしい力があるんだよ。いいかい、マット。並みの人間にできないことやずば抜けた能力のことを、世間では才能と呼ぶ。しかし、私はそればかりだとは思わない。それが証拠に、きみはたったいま、きみにしかできない、すごいことをやってのけているじゃないか」

キャンベル先生の言葉が雪崩《なだれ》のようにぼくに押し寄せてきた。詰め寄るようにしてぼくにさらに体を近づける。顔がまっ赤。ぼくは、この人に自分のことを全部見られているような気がして、怖くなって逃げ出したくなった。キャンベル先生が力強い両手でぼくの肩をしっかりとつかむ。

「きみが、いま、ここにいる、生きているっていうことだよ。生きていること、生かされていることをあたりまえだと思ってはいけない。きみが今日生きてここにいることは奇跡で、それこそが、人間の持つ最大の才能だと私は信じる。ステージでは、きみという人間がしっかりいなければきみ以外の者にはなれないし、自分をだめだなんて思っている人間にそれは任せられない」

約束できるかい？　さっき、私が言ったこと。二度と口にしてはいけない。二度と、だ。ぼくだけを見ているまっすぐなまなざしに、ぼくは泣いたことが急に恥ずかしくなる。そして先生の言った通りのことを繰り返して約束する。

「よし。いまから、いつでもこのステージにあがってよし。おめでとう。きみはもう私たちの仲間だ。お祝いに、カフェテリアのソフトクリームを食べないか？　何の味が好きだ？」

キャンベル先生はカフェテリアに向かう途中、ぼくにキャンパスを見せてあげるって一緒にひとまわりしてくれたけど、道に迷って元のホールにくるまでに一苦労した。

自分の学校で迷子になるなんて、ちょっとヘンな先生かもしれない。カフェテリアでキャラメル味のソフトクリームをごちそうしてくれた。食べている途中で先生の携帯が鳴って、午後の開演時間だったとあわてふためいた。ヒゲに白いクリームをつけたまま、じゃ、また会えるのを楽しみにしているよって、ぼくともういちど握手をしてホールに引き返していった。オキーフ先生はのっぽで近くが見えない。キャンベル先生は背が低くて遠くが見えない。

ソフトクリームを食べおえて、サッカーのワークショップにいくと、よく知っている声に呼ばれた。

「マット！」

ジェイクだった。なんだよ！　早く言ってくれればよかったのに！　今日だって一緒に来れたのに！　マットも来年はここ？　ジェイクが興奮して質問するので、ぼくは思わずうん、って答える。ジェイクがその場でジャンプして、お母さんと姉さんたちに「マットもワトソンだってさ‼」って叫ぶ。ここのサッカーチームはすごく強いんだよ、ぼく、ここの選手にぜったいなるんだ、ぼくはスポーツ推薦で入るつもりなんだ、いまのサッカークラブのコーチに推薦状書いてもらうんだ、マットは？　ってきかれて、ぼくは、たぶん試験、って答える。もうすぐルーク・モーガンが来るから見に行こうぜ、ぼく、ユニフォームにサインしてもらうんだってジェイクに引っ張って行かれる。サッカーの試合をやって、有名なサッカー選手にぼくも着ていたシャツの背中にサインしてもらって、そのあと、グラウンドに転がってたサッカーボールをジェイクと蹴って思い切り遊んだ。ジェイクのお母さんがサラダロールをランチにごちそうしてくれた。

帰りはジェイクのお母さんが運転する車に乗せてもらって帰った。家の前で降ろしてもらって、お礼を言う。運転席のジェイクのお母さんが、クラクションを派手にならして帰って行く。ジェイクと遊べて、サッカーもやって、久しぶりに楽しい土曜日だった。家からお父さんが出てきた。

「ジェイクくんのお母さんか。いつも遊ばせてもらって悪いな」

ウソがホントになった。言葉は怖い。二度とあの言葉は言わない。キャンベル先生と約束した。ぼくは、もらったパンフレットと書類をとっさにパーカーの下にかくして、家に走って入った。

月曜日。ウィルソン先生に、この学校の試験を受けますってオープンデーでもらったワトソン・カレッジのパンフレットと書類を見せたら、先生はぼくと書類をかわりばんこに見ながら、しばらく黙った。マズイことを言ったんだとわかった。マット、ワトソンってここらあたりで三本の指に入る名門校なの知ってる？　知らない。学力も州内トップスリーだと先生は思う。知らない。学費もたぶんトップクラス。それも知らなかった。

　ウィルソン先生は書類をすみずみまで読んでくれた。おじいさんとかお父さんがここの卒業生ってことは？　あり得ない。以前から、おうちの人がここに寄付金納めたりしてる？　納めてない。スカラシップ特待生、スポーツ推薦、音楽奨励生、コミュニティー・ボランティア貢献生……。どれかにあてはまる？　なにかできる？　スポーツとか、音楽とか、ボランティアしてるとか？　あてはまらない。できない。してない。こういう伝統のあるエリート校はね、子供が生まれた時点で入学願書を提出する親もいるくらいの競争率で、それ以外の入学希望者も空席があって入学金納めれば入れることは入れるんでしょうけど……、ウィルソン先生は口の中でぶつぶつ言いながら書類をめくり、ある箇所であっ、と声をあげた。

「ほら、ここ、読んでご覧なさい。ＥＳＬ《英語を第二言語とする生徒》生としてスカラシップの試験が受けられるかもしれないわよ。ちょっと電話できいてみようか」

となりのテーブルにいたターミナがぼくのほうを向いてにこりとする。ヒジャーブ事件以来、クラス中の男子にターミナとぼくがつきあっているとなぜか勘違いされていて、このあいだなんか、ホワイトボードに“Thamina《ターミナ》 + Matt《マット》 = MARRY《結婚》”なんて書かれていた。でも、それからなんとなく、教室の居心地は悪くない。テレビとかゲームの話題にはあいかわらずついていけないけど、クラスの女子の話題になると、マットはターミナとつきあってるもんな、って言われて、ちょっとうらやましがられているっていうか、一目置かれているというか。ウィルソン先生が電話をかけているあいだ、ぼくはターミナのリーディングをみてあげた。ちょっと前までテントウムシのマークの本だったのに、コアラのマークの本に変わってた。

「マット。グッドニュース！　ワトソンの事務所に確認したけど、マットはESL生として別枠でスカラシップの試験が受けられるんですって。マット、本当にワトソンの試験受ける気持ちがある？」

でも試験までそんなにないし、真剣にがんばらなきゃだめ、とも言われる。

「おうちの人も賛成してくれてるのね？」

ぼくは大きくうなずく。これは英語のぼくがつくウソじゃない。ホントになるって信じてつくしかない、セリフのないぼくがつくウソだ。

さっそく次の日から、ウィルソン先生は試験問題集っていうのを持ってきて、片っ端からやらされる。すぐにでも願書も出しておきなさいと言われたので、わかるところは全部自分で書いて、最後の保護者の署名の欄に「安藤真治」って漢字でサインした。願書には推薦人の名前を書く欄があって、推薦状っていうのもいる。ジェイクはサッカークラブのコーチに書いてもらうって言ってた。推薦人は通っている学校の先生にはなってもらえない。親とか兄弟とか親戚もだめ。松浦さんのおくさんとか隼斗のお母さんにはそんなこと絶対頼めない。ジェイクのお母さんの名前は緊急連絡先に書いてしまった。だいたい、こんなこと頼めるこっちの大人の知り合いっていない。

ウィルソン先生の出す試験問題集が授業時間内に終わらないときは、その日のうちに仕上げてオフィスに提出しておきなさいって先生に言われている。そのときは、放課後に図書室に居残って済ませる。司書の先生は、この時間は本読みの宿題の貸し出しで忙しそうだ。廊下で鍵のかちゃかちゃいう音がすると、四時四十五分。この時間になると、どこを見てもぼくひとり。戸締まりのためにやってきたピーターをガラス戸の向こう側に見つけると、ぼくは急いで机の上のものをぜんぶスクールバッグに詰め込んで外に出る。家では、いままで通り、単語の暗記やリーディング、ライティングをやる。クラスのプロジェクトやリサーチの宿題、グループ・ディスカッションとかインターネットの掲示板でほかの生徒と決められた議題についてチャットする宿題とかもあるし、家のキッチンテーブルに紙の宿題と、学校から買わされたラップトップを広げると、まるで「ティーンエイジャーの机」になる。しばらく前から、マットはもう大丈夫みたいねって、補助員の先生はターミナにつききりになった。算数の宿題は、前よりずっとラクになった。なあんだ、こんなのカンタンじゃん、って感じ。問題の意味がわかると、こっちの算数は日本の学校でやったことの復習みたいなことばっかりだから。補習校の宿題もある。いまさら、なんでこんなのやらなきゃならないんだって、むしゃくしゃして、漢字の書き取りの宿題を床にたたきつける。お母さんの言うことも一理ある、真人は日本人なんだから、せめて小学校の漢字くらいきちんと読み書きできなきゃだめだって、お父さんもお母さんと同じことを言う。でも、覚えられたら、補習校はおしまいにして通信教育に変えてもかまわない。サッカーにも戻ればいい。あとは、東京に帰ったときに考えればいい、将来の心配ばかりして今を楽しめなかったら元も子もない、ってお父さん。こうなったら、漢字をやるしかない。椅子に座ったまま、足を曲げて体をよじって床にちらばった補習校の漢字プリントに思いっきり手をのばす。六年の漢字のひとつ「従」っていう字。この字の形、いまのぼくの不自然な姿勢となんだか似てる。

それからしばらくして、放課後にロッカーの前で帰り支度をしていたら、ジェイクがワトソンから入学許可書が届いたって報告しにきた。マットもぜったいに来いよ、一緒に通おうぜ、っていいながら他の子と帰ってしまった。ちょっと腹が立った。得意なサッカーで入れたんだから。ぼくは苦手な英語で勝負しなくちゃならない。こっちにきてから得意なものってなくなった気がする。ジェイクの後ろ姿をみていると、自分の力でぜったいなんとかして入ってやるって頭に血が上ったけど、図書室で宿題と試験勉強をしていたら、ほんとに大丈夫かなって不安になってくる。いまだに間違いばっかりしてるし、目の前の問題もわからない。「E,G,L,H,T,D,Iを並べ替えてできる単語は次のうちどれを意味するか？ ①food《食品》 ②action《行動》 ③emotion《感情》 ④instrument《楽器》」。試験を受けるって決めてから、ウィルソン先生もすごく厳しい。早く、正確に、少しでも多くの問題に答えなさい、って言われても、やっぱりぼくはまだ英語の読み書きは遅い。知らない言葉だっていっぱいある。

鍵の音が聞こえてきた。急いで机の上を片づけて顔をあげたとたん、ガラス戸ごしにピーターと目があってしまう。ピーターは相変わらず汚い作業服で、この日はなにをしていたのか知らないけど、つばの広い帽子の下の顔は汗まみれだった。その顔を見たとたん、この学校に来たばかりのころのことを思い出した。あのときも、自転車でぼくのためにパンツの新しいのを買いに行ってくれて、汗だらけで息が切れていた。
ガラス戸の外で、ピーターがぼくが出てくるのをじっと待っている。ぼくはスクールバッグの中から、濡れたパンツみたいにずっと隠して持っていたものをつまみ上げて、ガラス戸ごしにピーターに見せた。

補習校で、礼央のお別れ会があった。礼央も来年は、なんとかセカンダリーカレッジっていうところに決まったって聞かされていた。補習校には今年いっぱい通う予定だったらしいけど、来月から来年の二月にハイスクールが始まるまで日本人のお母さんと一緒に日本に行くことになったから、やめることになった。礼央は、こんどは土曜日だけじゃなくて、月曜から金曜まで日本の小学校に通わされるって怒ってた（ここだけ英語でしゃべってた）。えみりは、いいなあ日本、東京ディズニーランドに行ってみたいってうらやましそうにしていた。私なんか、何回頼んでも行かせてもらえない、家のローンとか車のローンとかたいへんで、家族五人分の飛行機代なんかどこにもないって言われるっておにぎりを食べながらもそもそ話した。この前、テレビで日本の学校のことやってたよ。日本って、給食っていうのがあるんだね。ひとりひとりトレイがあって、ごはんがあって、スープとかミルクとか、やきそばとかあって、プリンまでついてた。あんなの毎日食べられるんだ？　係の子がそれを配ったりするんでしょ？　白い帽子かぶってさ。お店屋さんみたいで楽しそう。やってみたいな、私。

ぼくのお母さんは栄養士《ダイエティシャン》で、前は日本の小学校で給食の献立作ってたんだ、ってえみりに言う。コンダテって何？　ってえみりがきいてから、もしかして、メニューのこと？　って自分で答えを見つける。

帰る時間、礼央がロッカーを空にしているところに、礼央のお母さんがやってきた。真人君のお母さん、まだ東京にいらっしゃるの？　お元気にしてる？　ってきかれた。元気です、まだ東京ですってぼくは答える。

「私も礼央といっしょに、来月から東京なの。半年ほど帰るの。いまから、とっても楽しみだわ」

礼央のお母さんは女優さんみたいにきれいで、笑うと礼央そっくりのきれいなくちびるが左右に伸びていく。ぼくのお母さんはこんなに美人じゃないけど、笑い顔は礼央のお母さんと同じだ。東京、っていうだけで、あんなふうに嬉しそうに微笑《ほほえ》む。それに、東京には「行く」んじゃなくって、「帰る」って言うところも。

「じゃな《シーヤー》、マサト。帰ってきたら、メールする」

「うん。あっちの学校、がんばれよ」

「ウルサイんだよ、おまえ」

最後に礼央とえみりとぼくの三人で肩を組んでポーズしたところをぼくのお父さんが携帯で写真を撮ってくれた。あとで、それを写メしたら、「おまえも早く漢字覚えろよ。Ｌｅｏ」って返事が来て、お父さんが「どこも似たようなこと言ってんだな」って笑った。

数日たってから、夕飯どきに電話が鳴って、うどんを作っていたお父さんが、受話器を取った。コードレス電話をそのまま肩に挟んで、うどんを湯がいていたお父さんの動きがとつぜん止まった。何のお話ですか、って素《す》っ頓狂《とんきょう》な声を上げている。

「ワトソン・カレッジ？」

お父さんがぼくを見た。ぼくは、あわててチロを抱いて自分の部屋に入った。

うどんは鍋の中ですっかり冷めてしまっていた。お父さんはずいぶん長い間、電話で話してた。それが終わると、ぼくの部屋のドアをノックして、真人、出てきなさいってふつうの声で言った。てっきり叱られるって思っていたから、いつもどおりのその声は不気味なくらいだった。おそるおそるドアを開けると、お父さんはそこにはいなくて、台所で気配がしていた。それまでつけっぱなしだったNHKのテレビの音が聞こえなくなった。お父さんはキッチンテーブルに座って、ぼくを見上げた。

「そこ、座りなさい」

いつもはお父さんの隣に並んで座るけど、このときは真っ正面に座らされた。チロがお父さんの足下に寝そべった。お父さんは手を伸ばしてチロの頭を撫でてやった。チロもおじいさんになったなあ、ってつぶやく。

「さっきの電話、ワトソン・カレッジっていう学校からだ。息子さんの願書に記入漏れがあるから、もういちど記入しなおして下さいって言われた。受験料の小切手もついてなかったって言ってたな。説明しなさい」

ぼくはうつむいて、ありのままを話す。このあいだ、ひとりでオープンデーに行った。オキーフ先生の友だちの先生がやってるミュージカルを見た。キャンベル先生っていう、スープの缶詰みたいな名前の先生。すごいステージがあって、あそこでピービーの役みたいに、また何かの役をやってみたい。ジェイクがサッカーのスポーツ推薦でもう合格したことも、ジェイクのお母さんが緊急の連絡先になっていることも、保護者の署名の欄にお父さんの名前を漢字でサインしたことも、学校のメンテナンスのおじさんに推薦人になってもらって推薦状を書いてもらったことも、自分のお小遣いで切手を買って願書を送ったことも、ぜんぶ話す。お父さんは、ぼくが話し終えるまで、だまってぼくの話を聞いていた。

「来年は、お母さん、真人を東京に連れて帰るつもりでいるぞ」

うん、わかってる、って言いながらぼくは、言葉がつづかない。

「真人は、東京に帰りたくないのか？」

帰りたいとはときどき思う、やっぱり日本のほうがラクだ。なにをやるにしても、いちいち考えなくていいし、がんばらなくってもいい。食べたい物もやりたいゲームも読みたいマンガもなんでもある、シャワーだけじゃなくってお風呂にも浸かりたい、でも、東京にはワトソンがない、もう友だちもいない、って、とぎれとぎれに答えた。さいごに、お姉ちゃんだって山女に行ったじゃないか、ぼくだって、行きたい学校に行きたいって、いつも不満に思っていたことを思い切って言った。お父さんは、うーん、ってうなって立ち上がると、うどんの入った鍋の前にぼくに背中を向けて立った。そして、どんぶりにうどんを入れて、ぼくをカウンターに手招きした。ぼくは戸棚からお箸を二膳、用意した。

「真人が自分で決めたことをお父さんとしては尊重してやりたいけど、まずは、合格してこい。合格通知を目の前にしたら、お母さんも考えがかわるかもしれない。それからだったら、お父さんもお母さんを説得できるかもしれない。でも、不合格だったら、東京だ」

「不合格だったら、オーチャード・クリーク・ハイに行く」

「だめだ。こっちに残るんだったら、必ず合格しろ。いいかげんな気持ちで受験するな。こっちのハイスクールに行くってことは、ひょっとしたら、真人はその先もこっちにいることになるかもしれない。今からちゃんと考えておきなさい」

　あたためなおしたうどんのどんぶりから湯気が立ち上っている。ハイスクールの後のことまで考えていなかったから、ぼくは、びくりとしてお父さんを見た。

「もうひとつ。漢字、覚えろよ。補習校でテストがあるんだろ?」

　わかったよ、ってぼくはなるべくふつうに言って、うれしくってたまらないのを覚《さと》られないように、なるべくふつうにうどんを食べる。お父さんが、そっか、ひとりで学校の見学に行ってきたか、ひとりでバスとか電車に乗って? うん。トラムにも乗った。ハハハ、それであんなに勉強してたのか、ハハハ、自分で願書全部書いたのか、そんなことしたらバレるってちょっとは思わなかったか? 思わなかった。こっちの人、字きたない。ハンパない。オキーフ先生の字、読めない。ハハハ、サインも勝手にしたのか。うん。漢字だから、こっちの人たぶんわかんない。お父さんはハハハって笑いっぱなしで熱いうどんをお箸でかきこみながら、額の汗をシャツの袖で拭いた。明日、そのワトソンって学校に行ってくる、ちゃんと手続きしなおしておくから。お母さんにはまだ絶対に言うなよ。食べ終わる頃には、お父さんのシャツはうどんの汁のしみだらけになっていた。立ち上がりながら、ぼくの鼻の頭をちょんと人差し指でたたいた。ぼくにはなにがそんなにおかしいのかわからなかったけど、いつまでも笑っていた。そっか、そっか、そっか。おまえはすごいぞ、ハハハ。

そのあとシャワーを浴びて、ラップトップでやった宿題をEメールに貼り付けてオキーフ先生に提出して、キッチンテーブルで漢字プリントをやっていたらお父さんがやってきた。ぼくのとなりで小切手帳にサインして百ドル分の小切手を切った。受験料だ。ジェイクくんのお母さんに、緊急連絡先になってるって伝えておくんだぞ、推薦状を書いてくれたメンテナンスのおじさんにも、よくお礼を言っておけよ。漢字プリントを片づけているぼくの横で、お父さんはお酒を飲み始めた。お母さんがいなくなってから、毎晩のように飲んでいる。とつぜん、こっちでは、酒は何歳から飲めるんだ、って顔をあげてぼくにきく。

「十八だと思う、車の免許がそうだから」

お父さんは、また、そっか、って言ってうつむいた。おやすみを言って、リビングのドアを閉めかけて、その隙間からもういちどお父さんを見た。ずいぶん前に会ったきりの、九州のおじいちゃんに見間違えた。思わず、ドアを開けてしまう。おじいちゃんは元通りお父さんになって、ぼくを見た。なんだ？　真人。

「なんでもない、おやすみ」

9　サムライ・ドッグ

　だいぶ痩せたんじゃないか？　ってチロを撫でるお父さんの手が止まった。おい、ここなんかあるぞ。前からあるんだ、それ。チロは首を触られるとぷいっと向こうを向いてしまった。最近、一日中眠っているし、エサもあんまり食べないし、散歩に連れて行くと途中で座り込んでしまう。水曜日、お父さんの帰りが早かったので、一緒にチロを獣医さんに連れて行った。いい犬だなあ、こんな立派に巻いたしっぽはなかなか見かけないよ、おまけにハンサムじゃないか。なんて種類だい？　レントゲンを見ながら、獣医さんがチロのあちこちを触る。シバイヌ。日本から連れてきたんだ。そうかい、じゃ、サムライ・ドッグだな。

　それまで愛想良く笑っていた獣医さんの顔がゆっくり、ゆがんでいった。

　ワトソン・カレッジのスカラシップの試験は日曜日の午前にはじまって、ランチタイムを挟んで午後の二時ごろに終わる。同じ日の朝十一時に、お母さんが空港に着く。試験日、お父さんはぼくを車でワトソンまで送って、そのままお母さんを迎えに空港へと行ってしまった。試験が終わってから校門を出たところで、ふっと涙が出てしまった。試験が出来なかったんじゃない。やれることは全部やったし、落ちても後悔なんかしない。落ちたら、前みたいに、ぼくはまただめな人間に戻るだけ。でも、だめなぼくからチロがいなくなったら、ぼくは本当にどうしていいかわからない。

お父さんが車で迎えに来てくれて家に帰ると、お母さんがいた。まあくん、ってぼくに向かって駆け寄ってきた。まあくん！　お母さんより背が高くなってるじゃないの！　っていまさら驚いている。それにしても、お母さん、なんか、若返ったみたい。どこかから来たお客さんみたいに、顔も髪の毛も服も新品みたいにうきうきしていた。そういえば、東京にいたとき、お母さんはいつもこんな感じだった。お化粧もして、きちんとした服をきて、朝仕事に出かけていた。お母さん、こっちでも働けばいいのに、って思った。

「おかえり」

って言いながら、ぼくはお父さんをちらっと盗み見する。ワトソンの試験のこと、お母さんに言ったんだろうか？

「ジェイクくん、元気だった？」

お母さんがそうきいたので、お父さんはまだお母さんにはなにも言ってないってわかった。ぼくはなるべくふつうに、うん、って答える。ウソをつくのはほんとうに苦手だ。だから、そのまま黙って、チロの様子を見にぼくの部屋に行く。

「久しぶりに会ったっていうのに、もう少しなにかしゃべってよ」

お母さんの大声が追いかけてきたけれど、ぼくにしたら、久しぶりに会ったんだから、もう少ししずかにしてよと言いたい。帰ってきて嬉しいなと思ったけど、やっぱりうるさい。そのうちまた、漢字覚えなさいとか、中一のドリルやりなさいとか、隼斗君は四年なのに五年の算数ができるとか、長電話しすぎるとか、隠れてメールするなとか、インターネットは夜の九時までとか、買い食いするなとか言うに決まってる。もう、ほんとにうるさい。チロがだめなんだよ、っていうお父さんのささやき声がきこえた。

チロはバスケットのなかで丸くなって眠っていた。ぼくが部屋に入っていくと、弱々しく頭をあげてぼくを見た。この数日は、水もまともに飲んでない。ぼくは、バスケットの横にそのまま寝そべって、チロの頭を撫でてやった。首のしこりが大きくなって、エサも食べられなくなって痩せて、いまではあばら骨が浮き出てみえる。ときどき、あえぐような声を出す。獣医さんが注射で眠らせてやれるよ、って言ったけど、そんなこと、ぼくにはとてもできそうにない。考えただけでイヤだ。

しばらくすると、家中いいにおいが漂い始めた。台所に行くと、お母さんがマカロニグラタンを作っていた。ぼくを見てお母さんが、お誕生日に作り損ねてごめんね、と言った。そんなことはとっくの昔に忘れていたので、思い出すのに時間がかかった。でも、お母さんはなんども、ごめんね、って謝る。グラタンができて、お母さんが段ボール箱を探した。お母さんがいないあいだに、引っ越し用の段ボール箱に入ったままになっていたお皿をお父さんと一緒に戸棚に収めた。箱に残っているのは収まりきらなかった大きな盛り皿とか、ふだん使いそうにないやつばっかり。戸棚を開けてお母さんに見せてあげる。小皿もどんぶりも飯碗《めしわん》もグラスも種類別に分けて重ねてある。お母さんがいないあいだ、ごはんのあとは、お父さんが食器を洗ってぼくがお皿を拭く係だったって言う。お母さんは戸棚を見ながら、片づけてくれたの、ありがとうって言ったけど、あんまり嬉しそうじゃなかった。

「もう、帰ったときの就職先も決めてきたの」

お母さんの作るマカロニグラタンほどおいしいものはない。サラダ、スープ、ロールパンもある。お父さんも久しぶりのまともな夕食を目の前にして食欲旺盛だった。ぼくは夢中で食べていて、聞き逃すところだった。

「こんどは病院。定年退職する人がいてね、次の人を探していたらしいの。まだ先の話で求人にも出てなかったんだけれど、吉村《よしむら》さんがわざわざ紹介してくれて、すぐに決めたわ」

お父さんもぼくも食べるのをやめない。お父さんが、そっか、って言った。あなたには申し訳ないけれど、あとしばらく、こちらで単身赴任してもらうわね、ってお母さんはお経でも読み上げるみたいに言った。お父さんが、わかった、ってお経を止めるみたいに返事した。


次の週、チロはもっと具合が悪くなって、ぼくは学校を休みたかった。

「だめよ、学校を休むなんて」

お母さんのその言葉に、なんだよ、こっちの学校はもうおしまいにすればいいのにって言ってたじゃないか！　ってぼくは頭に来た。

「真人。学校には行きなさい。チロはお母さんに見ててもらえばいいから」

お父さんも許してくれない。ぼくがいないあいだに、チロに何かあったら、って想像したただけで泣きそうになる。

ランチタイム、ノアにチロのことを話す。ノアはすっごく同情してくれて、マット、大丈夫だよ、そんなことにならないよ、って慰めてくれる。だけど、「犬だって人だって、いつかは死ぬんだよなあ」ってノアにのんびり言われると、また腹が立ってくる。ノアはチロが自分の犬じゃないから、そんなことが言えるんだと思った。

「そんな言い方ないだろ！」

ってぼくはノアに向かってどなってしまう。ノアがビクッとなって、ごめん、マット、ごめんな、って必死になって謝ってきたけど、いたたまれなくなって、まだランチタイム終了のベルが鳴ってないのに、自分の教室に走っていった。図書室の前を通り過ぎるとき、ケルヴィンとすれ違った。お母さんに付き添われて、どこかに行くらしい。ハーイ、マット！　ってケルヴィンが声をかけてきたので、立ち止まる。どこいくの、ってきいたら、これからピアノのコンテスト、ってケルヴィンのお母さんがすごくわかりにくい英語で答えてきた。ケルヴィンがぼくをじっと見て、どうしたんだよ、おまえ、ってきいてくる。ノアとケンカした、ってぼくは思わず告白してしまう。お母さんがいるのも忘れてケルヴィンが一歩前に出て、なんでだよ、ってきいてくる。ピアノのコンテストで優勝したら、ラブラドール犬を飼わせてもらうケルヴィン。ぼくの犬が死にかけてるのに。

「優勝なんかしなきゃいい！」

ケルヴィンが面食らった顔をした。

「ど、どうしたんだよ、マット」

いつも顔色ひとつ変えないケルヴィンが、おどおどした感じになって声がうわずっている。となりのケルヴィンのお母さんまで、ダイジョウブ？　っておろおろしている。

ぼくは走って逃げた。

その夜、チロはとても苦しそうだった。バスケットのなかから、ぼくのほうを見ているけれど、目もうつろ。ぼくはお母さんの作ってくれた夕飯が食べられなくって、チロのそばから離れられなかった。水を飲ませようとしても、口も開けてくれない。お母さんははじめぼくに、ご飯を食べなさいよってうるさかったけれど、ぼくが返事しないのでついに黙った。

バスケットのなかのチロの顔を見る。チロがいなくなったら、ぼくはどうすればいい？　ワトソンに行けなくて、東京に帰ることになって、友だちもいなくって、中学の勉強にもついていけなくって……。また、なにもかもやりなおししなきゃならない。チロがいれば、大丈夫なのに。こっちの学校でいじめられたときも、チロがいてくれたから、なんとか次の日もがまんできた。翔太や拓也に忘れられても、チロはずっとぼくの友だちでいてくれた。東京に帰れなくてもさびしくなんかなかった、チロからは東京のにおいがしていた。散歩して歩くたび、いい犬だって会う人みんなに褒められて、日本のシバイヌなんです、って答えるのが嬉しかった。ジマンだった。

人の気配がしたので振り向くと、お母さんがドアの外に立っていた。ぼくに気づかれないように、息を殺して、ドアの後ろに隠れるようにしていた。ぼくはもうたまらなくなって立ち上がった。

お母さん、獣医さんを呼んで、ってぼくは声にならない声で言う。

「まあくん、ほんとうにいいの？　チロ、もう少し、がんばれるんじゃない？」

お母さんの顔が青ざめていた。いい、決めたんだ、もうがんばらせたくない。苦しめたくない。眠らせてあげたい。お母さんは顔を強《こわ》ばらせたまま、電話するためにリビングに行った。そうだった、お母さんは英語で電話をするのが苦手なんだった。ぼくはそれを思い出して、リビングに行った。案の定、お母さんは電話の前でじっとしている。ぼくはお母さんの脇から手を伸ばして、受話器を取り上げた。獣医さんにかける。うちの犬が病気で、もう眠らせてあげたいんです。住所はウェスト・ハンティングデール・ドライヴ29番地。オーチャード・クリーク。アンドウです。アンドゥ。チロ、です。CHI・RO。ぼくはそこまで一気に言い終えた。おうちの人にかわってくれる？　って言われた。お母さんが出る。そうです。ありがとうございます。お母さんが受話器を置いて、あのかなしい目でぼくを見つめる。お母さんはその場にうずくまった。泣き声があがった。

獣医さんが来てくれたときには、お父さんも家に帰っていた。時間外の診察で、チロを病院でみてくれた人とは違う当直の先生だった。チロのカルテを見ながら、聴診器を当てる。

「よく、ここまでがんばりましたね。ご家族も、チロも」

「ほんとに、いいんだな、真人」

まだ背広姿のお父さんがぼくの肩に手を置いた。お父さんが鼻水をすする音がきこえる。ぼくはチロを抱っこする。チロは、ぼくをまっすぐに見た。

「ぼくがいけないんだ！　東京から無理矢理連れてきて、だから病気になったんだ！　ぼくのせいだ！」

チロの背中に顔を埋めて、わあっと泣いてしまう。

「そうじゃない。もし日本に置いてきたとしたら、チロはきみがいなくて寂しくて、それこそ病気になっていたかもしれないよ。犬っていうのはね、いつでもどこでも大好きな飼い主といたいものなんだよ。だから、きみは、最高の飼い主だ」

獣医さんはそう言って、チロを眠らせる注射をした。チロはぼくの手をぺろんとなめて、あとにはおだやかな寝顔が草原のように広がった。

次の朝、お父さんは早起きして、庭に穴を掘った。お気に入りだった茶色と赤のチェックの毛布に、お父さん、お母さん、お姉ちゃん、そして小さかったぼくがチロを抱っこして写っている写真を一緒に包んで埋めた。気がついたらいつもそばにいた。日本で生まれて東京で一緒に大きくなった。こっちにきてからも、日本のシバイヌなんです、ってぼくのたったひとつのジマンだった。昨日までのぼくも、チロと一緒に死んでしまった。

その日は学校を休んだ。今日は一日しっかり悲しんでおけ、そう言ってお父さんは会社に出かけていった。お母さんがランチにラーメンを作ってくれた。カップ麺じゃなくって、どんぶりに入っているラーメンなんて何ヶ月ぶりだろう。悲しくってとても食べる気にならないと思っていたのに、湯気の立ったどんぶりを目の前にすると、無性にお腹が減ってきて、すぐに平らげてしまった。でもすぐに悲しくなってしまう。キッチンマットの上。テレビの前。庭のサンデッキ。どこを見回しても、もうチロはいない。

「ぼくのせいだ。チロは日本の犬なのに、無理矢理こっちに連れてきたから病気になったんだ。空気だって違う、食べ物だって違う、季節だって逆だ。恭子おばさんが預かってくれるっていったのに、ぼくが、ぼくが、悪いんだ」

目にまた涙があふれてくる。お母さんは一緒にラーメンを食べながら、うつむいた。

たしかに、その土地にあったものってあるのよね、お母さんが植えた椿《つばき》も枯れちゃった。ここでも椿の花が見られるかもしれない、なんて思って植えてみたんだけど。

「おかわりもあるわよ?」

今日はお母さんが優しい。お母さんにウソつくのは一番苦手だけど、これからも、もっとつくような気がする。おかわりをもらう。

「お母さん」

なあに、真人。返事しながら、ラーメンにほうれん草と卵をのせてくれた。東京でしてきたのか、指の爪がピンク色に塗ってあって、桜貝みたいに恥ずかしそうだった。

いした。

「呼んだだけ」

ラーメンのスープを音をたててすする。おいしい。ヘンな子ねってお母さんが苦笑いした。

夕方、ジェイクが自転車で来てくれる。

「マットが休むなんてすごくめずらしいから、びっくりしちゃうじゃないか！　ケルヴィンもノアも、すごく心配してたぜ」

ジェイクのお母さんと姉さんたちが作ったビスケットをお見舞いにくれた。

「明日は行くよ」

ぼくがそこにいなくても、ぼくのことを考えてくれる友だちがいる。ノアにもケルヴィンにも、あんなにひどいこと言ったのに。明日、学校で謝ろうって思った。


夜になってお父さんが帰ってきて、チロのお墓の前に佇《たたず》んでいた。

「真人。おいで」

呼ばれてお父さんのそばにいくと、お父さんは封筒をくれる。差出人がワトソン・カレッジになっていた。お母さんが台所で夕食の支度をしているのを庭から確かめる。開けてみろ、ってお父さんの目にうながされて、ぼくはおそるおそる封を切る。中には何枚もの紙が重なり合っていた。紙を広げると、「ミスター・マサト・アンドウ　スカラシップ特待生（ＥＳＬ生）合格案内」って書いてあった。お父さんとぼくは頭を寄せ合って、次の紙をめくる。「スカラシップ合格者のみなさまへ　入学許可書および学費免除項目」。三枚目は「ワトソン・カレッジ　入学オリエンテーション　日程と詳細（七年生）」。最後の一枚は「制服・学用品のリスト」。

「真人、やったな」

お父さんが押し殺した声で大はしゃぎする。きっと、チロが天国からいい知らせを届けてくれたんだなって、チロのお墓をまた見下ろす。ぼくは、嬉しいのかそうじゃないのかわからなくなった。今日一日、お母さんはすごく優しかった。ずっと優しいお母さんでいてほしい。でも、これを見せたら、とんでもないことになると思う。

「どうしよう？」

「なに情けない声出してんだ、おまえは。ここに行きたいんだろう？　あんなにがんばったじゃないか？　合格したじゃないか？　見ろ、おまえは親孝行だぞ。授業料が半額になってる」

「ちがうよ、お母さんをどうしようかって言ってるんだよ」

お父さんとぼくはゆっくりふりむいて、フレンチドアごしにお母さんが料理している後ろ姿を見る。いいにおいがしてくる。あのにおいは、八宝菜に中華風スープってとこだと思う。これはお父さんの大好物だ。

「その話は、メシのあとにしよう」

お父さんはチロのお墓をしばらく見下ろして、ぼくの肩をぽんと軽く叩くと、家の中に入っていった。

チロが死んで、ちょうど一ヶ月たった。春が駆け足でいってしまったと思ったら、いきなり夏のおひさまが登場して、そのままずっと居座っている。暑くなってから、お父さんとお母さんはまた口をきいていない。カテイナイリコンってこういうことなのかって思う。合格通知を見せればお母さんの気持ちも変わるかもしれない、なんて淡い期待をお父さんもぼくも持ってたけど、その真逆だった。お母さんは「真人は連れて帰ります」の一点張り。言い合ってるのをそばで聞いていても、ふたりともぼくのためを思ってテンパってるから、もうなにも言えない。お母さんがあんまりわめくので、ぼくも東京へ帰ってもいいかなって半分あきらめてる。ジェイクに言うと、スカラシップまで受かっておいてやめちゃうなんて、もったいなさすぎるよ、って仰天していた。今日までに、一応、いくらかのお金を納めないと合格取り消しになる。それで今日はお父さんが会社を早退して、家に帰ってきたらしい。ぼくが家に帰ってくると、またふたりが言い合いをしていた。銀行は五時に閉まる。

「裏切り者！」

玄関を開けるなり、お母さんの金切り声が聞こえた。真人とあなたがグルになってる、って言う。すると、お父さんも、きみとつかさだってそうじゃないか、女同士、いつもまるで連合軍だ、山女のことでおれが反対したことがあるか、って言い返す。もう、ぼくの合格がどうのということではないと思う。お父さんは、任期が満了になったら会社をやめて、こっちに残って中古車の輸入の仕事を始めたい。お母さんは、ここにどうしても馴染めなくて、一日も早く東京に帰りたい。新しい病院の仕事も決まっている。一応夫婦ゲンカみたいに聞こえるけど、お父さんもお母さんも別の話をしているようにぼくには聞こえる。お姉ちゃんとぼくのことでもめているみたいに聞こえるけど、ときどき、「家族」とか聞こえてきても、家族の話をしてるんじゃなくって、お父さんはお父さんの、お母さんはお母さんの話をやっている。

お父さんはテーブルに広げた入学許可書を強く叩いた。ふだん、ほとんど大声をたてないお父さんなのに、すごい剣幕でどなって立ち上がる。

「真人はこっちに置いていけ！」

「真人は連れて帰ります！」

ふたりとも怒りでぶるぶる震えている。

こんなふたり、もう見たくない。もう、たくさんだ！

「It's NOT your business, it's MY business!（お父さんとお母さんに関係ないだろ、これはぼくのことなんだ！）」

英語でどなってから、しまった、と思う。お母さんはぼくが家で英語を話すのを嫌がるからだ。来た頃は、英語がしゃべれるようになってほしいってあんなに言ってたのに。でも、もう止まらない。日本語で言えないことも英語だとスラスラ言える。最近、英語でないとかんじんなことが言えなくなってきている。英語のほうがしゃべりやすくなっているっていうより、日本語だと、言いたいことがあっても、みんなから目立ちたがり屋とか、ヘンなやつ、って思われるのが怖いから言えないときがある。でも、英語だったら、「こいつ、こんなこと考えてたのか、すげえな」って友だちに感心されたり、自分の意見が言えてえらいって先生にもほめてもらえる可能性のほうがダンゼン高い。前は英語でしゃべってるときは、ウソついてるみたいだって感じがしてたけど、今は英語のほうが正直に何でも言える。こっちが、本物のぼくなのかもしれない。それに、目立ちたがり屋《シヨウオフ》、とか言うやつとはどうせ一緒に遊ばない。だから、日本語でいろいろ考えていても、今、ぼくの口からでるのは英語だ。もうひとりのぼく、英語のぼくだ。

「I don't care where you guys are, but I want to be here to go to that school, DO YOU GET IT?（お父さんとお母さんがどこにいようと構わない、でもぼくはここにいたい。あの学校へ行くんだ。わかる？）」

　お母さんにはあなたがどこにいるかが問題なのよ！　ってお母さんが言う。なんだ、英語わかってんじゃん、ってぼくは拍子抜けした。ここで中高を過ごすですって？　じゃ、そのあとはどうするの？　お父さんの任期が終わったら？　大学は？　日本に帰れなくなるわよ？

「それは、考えておくように言ってある」

　落ち着きを取り戻したお父さんが、テーブルの椅子に座り直した。任期が終わっておれが日本に帰るようなことになっても、あの学校には寮もある。地元の子だけじゃなくて世界中からの留学生がいるんだそうだ。それもまた真人にはいい経験になると思う。みんな英語が達者な人間としゃべりたいんじゃないんだ。まずは、言葉のやりとりの前に、人と人とのやりとりができないと。英語が操れるだけじゃだめだってことが、おれはこっちに来て、身に沁《し》みてわかったよ。おれたちみたいなやつは、英語だとお世辞も言えないし、人を喜ばせるような洒落《しゃれ》た会話もできない。むろん、失敗を言葉でごまかしたり、巧《うま》いウソをつくこともできない。だからこそ、どんな人間なのかが試される。きみの気持ちもわからないことはない。以前だったら、おれだって真人は英語がペラペラになって良かったって単純に喜んでいたけど、さっきみたいに、こっち仕込みの英語でどなられると、自分の子供が英語にのっとられたみたいでぎょっとする。最近は、言葉だけじゃなくって、身ぶり手ぶりまでこっちの人間みたいだ。真人がだんだん日本人じゃなくなりそうで、不安にもなってくる。でもな、英語で話そうが日本語で話そうが、真人は真人なんだ！　あの学校を選んだのも、ここに残って決めたのも、おれでもきみでもない、真人なんだ！　きみのいうように、日本に帰って、英語を生かして、いい学校、いい仕事、それもいいと思う。そのほうが確実だろう。親としては安心だし。でも、どこでなにを選ぶかは、真人自身なんだ。そのときのこいつの判断、行動が真人という人間を決める。何度も言っただろう？　真人は自分ひとりで学校見学にいって、あの学校へ行きたいって自分で決めて、願書も自分で書いて、試験に合格したい一心で、必死に英語で勉強して、しかも合格してきたんだ。信じられるか？　ちょっと前まで、留年しそうになってたんだぞ？　まだ十三歳なのに、ふつう、そこまでできるか？　子供をこれ以上いじりまわすな！　きみのやってることは、鳥から羽をむしりとってるのと同じだ！　きみは真人の母親じゃないか、真人がどれだけ努力したか、どれだけ勇気がいったか、ちょっとは認めてやれよ。お父さんは疲れた顔をして、静かになったと思ったら、お母さんが嚙《か》みつくように言った。

「そうよ、まあくんは、まだ、十三歳じゃないの！　ほんの子供よ！　子供をいじりまわすなですって⁉　私は母親として子供の将来を心配してるだけじゃないの！　自分の子供に確実な道を行かせたいって、あなたは思わないの？　英語をやらせたのもそのためだったはずでしょう？　道を踏み外すと大変だって、あなたが一番よく知ってるはずじゃない？　自分のやりたいことをやって、自分の言いたいことをいって、上司とケンカして出向させられたのはどこの誰よ？　昔のことだからって、もう忘れたっていうの？　あの時のこと、私は絶対に忘れないわよ！　あなた、前に私に言ったわよね？　私のこと、いつも謝って逃げるって。あなたこそ、どうなのよ？　いつも自分の思い通りにやって、うまくいかなくなると、あとのことは何もかも私に押しつけて……。あなたこそ、それであの子の父親？　何よ、二人で何もかも勝手に決めて！　……まあくん、もう、あなたの好きにしなさい！」

お母さんは泣きながら部屋を出て行った。きみにそんなこと言う資格があるのか？

自分だって、おれたちに何の相談もなく仕事も決めてきて帰ることにしたじゃないか！　きみこそ、それで真人の母親なのか⁉　お父さんはまた大声になって、お母さんの出て行った方に向かってそうどなりつけた。となりのリビングからお母さんのすすり泣きが聞こえてくる。どうする、真人？　あと三十分で銀行が閉まる、ってお父さんはぼくを振り返りながら、首元のネクタイの結び目を緩めた。入学許可書を開いて、ぼくはもういちどよく見た。「ワトソン・カレッジはマサトを来年度の新七年生に迎えることを許可し、喜ばしく思います」って書いてある。オーチャード・クリーク小へ行ったのも、エイダンにからかわれたのも、校長室に呼び出されたのも、ケルヴィンやノアと友だちになったのも、ジェイクとサッカーに行ったのも、補習校に行かされたのも、漢字のプリントしなきゃならなかったのも、ぜんぶ、ぜんぶ、この一枚の紙切れのためだったのかもしれないと思えてきた。

ぼくは窓の外に見えているチロのお墓に目をやって、つぎにお父さんを見た。そして、もう一度入学許可書を見た。「Mr. Masato Ando」ぼくのことだ。英語のぼくだ。いまは、学校はもちろん、友だちと遊ぶのも、宿題するのも、電話も、バスに乗るのも、自分の名前だって英語。夢だって英語でみる。そんなのここにいるんだから当たり前だ。だけど、英語で試験うけるのは、まだ当たり前じゃない。ワトソンへ行くって決めて試験勉強をはじめたときは、ウィルソン先生に毎日バツばっかりつけられて落ち込んだ。聞いたり喋ったりするのと違って、読んだり書いたりするのは、誰かに注意されない限り、どこが間違っているのかさえわからない。そのうえ人に間違いをぐちゃぐちゃ言われるのって、すごく嫌だ。自分までぐちゃぐちゃにされている感じがしてくる。毎晩、半泣きになりながら勉強していたぼくの足下にはいつもチロがいてくれた。チロが天国からこの合格通知を届けてくれたんだ、そう思ったら、どうしてもあきらめたくなかった。

「真人の人生は、真人のものだ。お父さんもお母さんも、もう、これからは真人のあとからついていくしかないんだよ」

お父さんはぼくをじっと見つめた。

「ぼく、ワトソンに行く」

返事の代わりに、お父さんが立ち上がる。もういちどぼくの顔をじっと見た。お父さんが車のキーを摑《つか》む音がして、ぼくらは足早に玄関に向かった。

クリスマスシーズンに重なると航空券の値段が跳ね上がるので、お母さんは十二月のなかばに東京に帰ることに決めた。オーチャード・クリーク小の卒業式の次の日だ。

去年もそうだったけど、こっちでは十二月になると、学校は授業らしい授業はやらない。クリスマスの工作やったりクリスマスの歌うたったり、クリスマスのビデオみたり。あちこちで学年に関係なくクリスマスカードの交換。こっちのカードのサンタは水着姿で、サーフボードに乗っている。もらったカードは部屋に張った紐に洗濯物みたいに吊《つる》す。一枚増えるたび、嬉しくなってくる。去年はジェイクとケルヴィンとノアとフラナガン先生からだけだったけど、今年は、オキーフ先生、クラスのみんな、それから、劇でいっしょだった子たちからももらった。校庭でも、先生も生徒もサンタの帽子をかぶったり、ホールでもクリスマスツリーを組み立てて、自分たちで作ったデコレーションで飾って、ステージではクリスマスの劇をやる。どこもかしこも、赤と白と緑。六年生には卒業プレゼンテーションの練習もある。あいかわらず、ケルヴィンがキーボード伴奏者に選ばれて練習のたびに同じ曲ばっかり弾かされている。でも前みたいに嫌そうじゃない。ケルヴィンはこのあいだのコンテストでついに優勝した。ノアは、最近空手を習い始めた。「ミギ」「ヒダリ」「ハジメ」「ヤメ」ってぼくをつかまえて片言の日本語を冗談で言う。なんかおもしろい日本語を教えてよって言うので、ぼくは「チ〇チ〇」「オシ〇コ」「ウ〇コ」って教えてやった。空手の形をしながら、それを大喜びで叫んでる。ちょっと痩せたような気がする。プレゼンテーションの司会はみんなの投票でジェイクに決まった。ジェイクは最後までみんなに人気がある。この学校に来てからいつも、あいつと友だちになりたいなって思ってた。ジェイクはサッカーもうまいし、誰にでも笑いかける。カッコいい。いかにもスポーツやってるって感じで、さっぱりしてるし男らしい。リーダーシップもある。それに、えこひいきしないのがいい。家ではものすごく甘えん坊でお母さんにまとわりついて、「母さん、大好き」なんて平気で口にするし、寝る前には三人の姉さんのだれかに本を読んでもらってるし、しかも、まだテディベアと一緒に寝ている。でも、ぼくはジェイクがうらやましくてたまらない。ぼくができないことを難なくやってのける。このままずっと友だちでいてほしい。それに、ワトソン・カレッジに進学するのは、ジェイクとぼくだけだ。

「マサァトゥ・アンドゥ！」

オキーフ先生にフルネームで呼ばれて、ぼくは席から立ち上がる。やっぱり、自分の名前にきこえない。しかも、こっちだと人の名前じゃないみたいで呼ばれるのさえ恥ずかしい。「アンドゥ」もundo《取り消し》にきこえて、呼ばれるたびいつもやりなおしさせられているっていうか、滅入《めい》るっていうか。安藤は英語でスペルするとAndoでAから始まるから、いつも一番最初か二番目あたりに名前を呼ばれるのは日本と変わらない。ステージでは、ひとりずつ、壇上にあがって卒業証書を受け取りに行く練習をやっていた。日本のお辞儀のかわりに、校長先生と握手する。練習用の白紙の証書を受け取る。このさい、こういうところでもマットって呼ばれて、こういう紙にもマットって書いてもらいたい。ワトソン・カレッジの新入生登録でも通称名は「Matt」にした。真人って呼ばれるのは、家のなかだけでいい。外ではマットでいたい。マットは「マシュー」のことなのって誰かがきいたら、そうだよって答えてしまうかもしれない。安藤もこのさい、アンダーソンとか。名前をきかれるたび、何回もききなおされるのとか、スペルさせられるのとか、そのスペルを相手がしつこく確認するのとか、いい名前ね（スペルできないのになにがいい名前だ）ってみえすいたお世辞言われるのとか、どこから来たの？　ってきかれるのとか、何人《なにじん》だとか、日本に行ったことあるとかないとか、日本人はどうのこうのとか、もう、ほんとにうっとうしい。このあいだ、歯医者さんの待合室で待っていたら、ぼくのすぐ隣に座っていたおじいさんがぼくに何人だってきいてきた。日本人だって答えたら、歯痛がひどくなったような顔された。臭い息をしていた。もういっそのこと、「マシュー・アンダーソン」になれたらいいのにと思う。
　ぼくは階段を下りながら、司会役のジェイクにニヤリと笑って見せた。ジェイクもニヤリと笑い返してきた。あいつもいつもはジェイクって呼ばれてるけど、こういうときには正式の名前「ジェイコブ・コーエン」って呼ばれる。ありそうであんまりなさそうな名前。「ノア・ウィルキンソン」はたぶんそこらじゅうにいる。「ケルヴィン・チョウ」はアジア系ってすぐにわかる。ぼくは席について、白紙の卒業証書に「マシュー・アンダーソン」と指で書いてみる。悪くないじゃん、ぜんぜん、いけてる。でも、やっぱりぼくじゃない。

　教室に戻ろうとして、校門の生け垣を刈っているピーターと目があった。ノアがやべえ、って言って小走りになる。ケルヴィンもうつむいてそのまま通り過ぎる。ぼくはピーターから目をそらして、あとから追いかけてきたジェイクによお、って声をかけた。でも、ピーターの目がぼくをずっと追っているのには気がついていた。そういえば、ワトソンに合格してからピーターにまだお礼を言ってなかったなってそこで思い出した。回れ右して、お礼を言いに行こうとしたけれど、みんながいたので、なんとなくできなかった。ピーターのこと、みんな、汚いとか貧乏だとかヒッピーだとか言ってるし。

お礼は卒業式のときに言おう。ぼくは、そう決めて、ジェイクと肩を組みながら教室につづくスロープを上っていった。

終業のベルが鳴って、小さい子たちがいろとりどりの工作を手に、金平糖《こんぺいとう》がころがるみたいに教室から駆けだしてきた。いつにもまして、キーキー、キャーキャー騒いでいる。空の上の夏の太陽は、どんな大きな叫び声にもびっくりしないで、さんさんと輝いていた。雲の割れ目からぽつりぽつりと光がしずくとなって降ってくる。ひとつ、ふたつ、つぎつぎにぼくの心の静まりに落ちて思い出の輪を広げた。教室。図書室。校庭。紅葉の坂道。オーチャード・クリークの川。ウェスト・ハンティングデール・ドライヴの家。そして、チロのお墓。幾重にも重なり合った輪の上を、小さい子たちの歓声が渡っていく。

ジェイクがこの夏休みのカンガルーズのサマーキャンプに誘ってくれた。ジェイクはぼくがサッカーをやめてからすぐ、ジュニアチームのキャプテンになっていた。

「この夏は海のキャンプだよ。リアムとメイソンも行くってさ」

お父さんは約束通り、来年は土曜日、またサッカーをやってもいいって言ってくれた。補習校の漢字テストも、ひとつ間違いがあっただけで、あとは全部マルだったからだ。ぼくはその日のうちに、日本の教科書も漢字プリントも計算ドリルもぜんぶ机のひきだしにしまいこんだ。もう見るのもイヤだ。来年、補習校の中等部には通わない。

「うん、ぜったい行く！」

ジェイクにそう返事したら、もやもやがすっきりした。ハイスクールが始まる前に、一度東京に戻るかってお父さんが言ってくれていた。それもいいかな、補習校の礼央にも会えるかもって思ったけど、ジェイクやリアムやメイソンとサッカーして海でキャンプするほうがずっと楽しいに決まってる。お母さんが、まあくんも一緒に帰るんだったら、ってぎりぎりまでぼくの返事を待っていたけど、ぼくがなにも言わないのでついに自分の席だけ飛行機の予約をしたみたいだった。あれからお母さんは、ぼくがこっちに残ってお父さんと二人で暮らすことについてなにも言わなくなった。あきらめているっていったほうがいいのかもしれない。ワトソンの制服の採寸に行ったときは、ジェイクとジェイクのお母さんと姉さんたちが嬉しそうに見本を着たりいつまでも眺めたりしていたのに、お母さんは採寸が終わると注文だけしてさっさと帰ってしまった。お母さんは寂しいんだろう、こんなに早く真人がお母さんから離れていってしまうから。お父さんにはまだ怒ってるけどな、ってお父さんが言った。だから、お母さんに悪いな、お正月くらい東京で過ごすほうがいいのかなって思ってたけど、これでこの夏もこっちにいるはっきりとした理由ができて、吹っ切れた。

10 卒　業

読む、それがぼくが一番よく見かける英語を相手にしているときのお母さんの姿だ。といっても、こっちでは新聞もとってないし、ぼくが学校から持って帰ってくるお知らせのプリントだって、まともに読んでいるかあやしい。まして英語の本なんか読むわけがない。でも、お母さんが辞書を出してきて繰り返しちゃんとわかるまでていねいに読むものがひとつだけある。

「卒業式のあと、ホールでパーティーが開かれます。卒業生の皆さんはお皿を持ってきて下さい」ってプリントには書いてあった。ぼくがそれを読み上げると、お皿ね、わかってるわよ、ってお母さんは苦笑いしてぼくを見た。なんでもいいから、ひとり一皿もってけばいい、ぼくは遠慮がちにそう付け加えた。

「お寿司なんかどう？」

「ダメ！」

いやだ、ぜったいにやめて。「スシ」だけはやめて！　ってぼくは大声になった。

「どうしてよ？　こっちの人、あんなに好きじゃないの、どこへいってもスシばっかり。ヘルシーとかいいながら、あんなに食べるんだもの、ヘルシーじゃなくなるわよねえ？　しかも、ああいうお店って、たまに寿司飯使ってないのもあるでしょ？　なかの具も、信じられないようなのがあるし。アレンジを通り越してるわよ。あれはお寿司とはいえないわよねえ」

「だからお寿司はいいんだってば。もっと簡単なのでいいよ。ポテトチップスとか持ってくる子もいるんだから」

ぼくはこういうことで絶対に目立ちたくないので、目立たないものをもっていきたい。それこそ、ポテトチップスとか。

「ポテトチップスなんて、そんなのパーティー料理じゃないでしょ⁉　ああいうの、ジャンクっていうのよ！」

もうなんでもいい、とにかく空のお皿じゃなければいい。ぼくは、もうめんどうになって、どうでもいい、なんでもいい、ってつぶやいた。

「なんでもいいっていうのが一番困るのよ！　お父さんといい、真人といい、男の人

あれだったら、こっちの人、食べるんじゃないかな」
「だったら、フルーツサンドとかは？　あれだったら、こっちの人、食べるんじゃないかな」

フルーツサンドを頑張るエイダンの甘ったるい顔を思い出した。エイダンは最近、あんまり学校に来ない。この時期は学校が終わるより一足早くホリデーに出かける子も多い。ケルヴィンが遊びに来たときも、お母さんのパンケーキをすごく褒めてくれていたっけ。

「フルーツサンドねえ……。そういえば、こっちって、甘いパンを見かけないわよね？　タルトとかペストリーとかはあるけど。……そうねえ、菓子パンなんかどう？」

うつむいていたお母さんの顔が明るくなって、むくむくと上がってきた。ぼくは、菓子パンでいいって返事する。その夜、ご飯が終わってから、お母さんは、インターネットに釘付《くぎづ》けになって菓子パンのレシピをずっと見ていた。あー、残念！　こっちにはこんな材料ないのよねえ！　ってとつぜん叫んだり、これってどういう意味かしら、って辞書を調べたり、こっちにあるもので間に合わせようとしたら、やっぱりこっちのレシピがいいのよねえ、でも、やっぱり日本のあの菓子パンってかんじゃないのよねえ……、ってぶつぶつ言いながら、日本とこっちのパンとかお菓子のレシピをダウンロードしまくっていた。お母さんは料理のことになると、日本語だとか英語だとか気にならないみたいだ。最後には日本語と英語のレシピを両方プリントアウトしまくって、夜遅くまで読みふけっていた。


卒業式が数日後にせまったある夜、ノアから電話がかかってきた。いつもならメールしてくるのに、どうしたのかなって思って、お父さんから受話器を受け取った。どうしたの、ノア？　ってぼくがきいても、話しづらそうにしている。

「あのさあ、マット。ケヴがピアノ優勝したの知ってるだろ？　それで、ラブラドール飼わせてもらうって言ってただろ……」

うん、言ってた。ぼくがそう返事すると、

「飼いはじめたんだよ、ラブラドールの子犬。さっき写メ見たんだけど、真っ黒でさ、すっごくかわいいんだ」

ケルヴィンのやつ、どうしてぼくには言ってくれないんだろう？　どうして写メしてくれないんだろう？　ぼくは急に悲しくなった。

「それでさ、ケヴがさ、子犬を見に来いって誘ってくれてるんだけどさ……。マット、行く？」

　ぼくはムッとして、おまえが誘われたんだからおまえが行けよ、ってぶっきらぼうに言ってしまう。

「ちがうんだよ、きいてよ、マット。ケヴがさ、マットはチロが死んだばっかりで、子犬を見るのがつらいかもしれないから、ぼくから誘ってくれって頼まれたんだ。いやなら、いいんだ」

　ぼくは一瞬黙り込んでしまう。ケルヴィンはときどき、ほんとに何考えているかわからない。でも、最近になってやっと、ケルヴィンは頭がいいから口とか顔に出す前に相手のこと考えているんだなってわかってきた。

「行く。見に行く。見たい！」

　受話器の向こうでノアがほっと息をついた。


　次の日、学校が終わるとケルヴィンのお母さんの車でケルヴィンの家に行った。ノアもぼくもケルヴィンの家には呼ばれたことがなかったから、ちょっと興奮してた。予想通りっていうか、ものすごく大きな家で、庭の門を通ってから玄関まで車でもずいぶんあった。ぼくは心の中で「ひえええぇ！」って叫んでたけど、これじゃあ、さすがに、友だちを呼びにくかっただろうな、って思った。ケルヴィンも目立つのが嫌いだから。となりのノアも面食らった顔していた。ぼくらはじゃらじゃらしたランプが天井から下がっているツルツルの床の部屋に案内された。グランドピアノが置いてあった。まわりをながめまわしているところへ、ケルヴィンが子犬を抱いて入ってきた。もうそれからは、まわりなんか全然目に入らなくなって、三人で「サリー」っていうラブラドールのぬいぐるみみたいなのを触って、遊んだ。真っ黒の子犬はタレ目で耳もだらんと折れ曲がっていて、チロと似ても似つかないのに、小さなあったかい舌で手をなめられると、ぼくはチロのことを思い出して悲しくなった。

ケルヴィンがぼくを窺《うかが》うような目で見てくる。ケヴ、コンテストのとき、あんなこと言ってごめんって、ぼくは、ずっと言おうとして言えなかった言葉を思いきって言う。

「いいんだ。おまえにああ言われたから、優勝できたんだ」

え、ってぼくもノアも驚きで固まった。

「ずっと、優勝したい、優勝したいって思って弾いてただろ。楽譜通り、間違えないように、点数のことばっかり考えてさ。でも、もういいやって思ったんだよ。マットにああ言われて。半分やけくそ。譜面も持ってかなかったし。っていうより、もう何百回も弾いた曲だから頭の中に入ってたし。あとは、好きなように、自由に弾いたんだ。もういいや、優勝なんかしなくっても、楽しい曲なんだから、楽しく弾けばいいやって」

ケルヴィンはサリーを両手で大切そうに抱えて、おでこにキスをした。

「ピアノ、やめるの？」

優勝したら、犬を飼わせてもらってやめるってケルヴィンはいつも言ってた。そこへ、ケルヴィンのお母さんがおやつをトレイに載せてやってきた。あの黄色いまんじゅうみたいなのじゃないかなって、こわごわのぞいたら、そこには普通のクッキーがお皿に載っていた。お庭、自由にね、遊ぶ、ね、ゆっくり、どうぞ。帰り、車で送る。オーケー？　って言って、ノアが、ありがとう、そうします、って返事した。クッキーをテーブルに置いて、部屋を出て行くケルヴィンのお母さんの背中を見ながら、ケヴのお母さんっていい人だなぁ、ってノアはにこにこしながらぼくらにささやいた。ノアの嬉しそうなピンク色の顔見てると、ぼくのお母さんもへたくそな英語でいいから、おやつを出してくれるだけじゃなくって、ノアやケルヴィンやジェイクに話しかけてくれればいいのに、なんて思った。それに、ぼくのお母さんだったら、もっとすごいクッキーを作って出してくれるのに！

に。

ぼくはもう一度きいた。ケルヴィンはお母さんがいないことを確かめて、首を横に振った。ケルヴィンは優勝して、もう満足したはずなのに。犬も飼わせてもらったのに。

「ぼくのお母さん、ピアニストになりたかったんだ」

ノアが、ふうん、って感心したように息をつきながら、何枚目かのクッキーに手を伸ばした。

「優勝も悪くなかったよな。名前呼ばれて拍手してもらってさ、いい気分だったよ。前のコンクールで優勝したやつが今回は二位だった」

ケルヴィンは思い出したようにニヤッと笑うと、グランドピアノの上に置いてあった賞状とトロフィーを持ってきて見せてくれた。ぼくらは、ほおーってそれを見る。

ケルヴィンはぼくらと一緒にクッキーを食べて、ピアノはやめない、続けるってサリーとまた遊びながらなんでもないように言った。サリーがおもらしして、ノアがサリーと一緒に飛び回りながら、「オシ○コ！」って踊るのにあわせてケルヴィンがハチャメチャな曲を弾いた。帰り際、ぼくらがケルヴィンのお母さんに呼ばれて車に乗り込もうとすると、また、遊びに来いよ！　ってケルヴィンの声がおいかけてきた。

「ピアノ、やめるの？」

ケルヴィンはサリーに頰ずりして、お母さんが悲しむのはいやだ、だからピアノはやめないって言った。

卒業式の日が来た。お父さんとお母さんが一緒にオーチャード・クリーク小に来たのは、初めてのことだったと思う。二人が並んで席に座るのを、見て見ないふりしながら、ぼくも自分の席についた。となりにはエイダンが座っている。Ando の次は Baker だ。エイダン・ベイカー。アメリカって行ったことないけど、いかにもアメリカ人って感じがする。

ジェイクがステージに現れて、「卒業プレゼンテーションを行います」ってあいさつしたあと、スライドショーが始まった。卒業生のプレップから六年生までの七年間の思い出の写真が、時間を追ってつぎつぎに出てきて、生徒からも親たちからも歓声があがった。前歯のないジェイクが映って笑った。キーボードを弾くケルヴィンも、ノアのスイミングやってる写真も出てきた。ぼくが写っている写真はまだ全然出てこない。ぼくは五年からの転入生だからだ。エイダンが、アメリカに行くことになったってぼくに話しかけてきた。ぼくはちょっと驚いて、エイダンの顔を見た。エイダンが続ける。

「だから、ハイスクールもあっちで通う」

「お父さんと一緒に住むの？」

なんだ、こいつもぼくと同じで、お父さんと二人だけで別の国で住むのか、なんて思った。

「いや、父さんと父さんのガールフレンドと三人で住む。これが終わったら、シアトルで冬のクリスマスやるんだ」

ぼくは、そっか、っていうしかなかった。エイダンは、あごをしゃくって、バルコニーの父母席のほうをみた。エイダンのお母さんのとなりに座っていたお父さんらしき人がぼくらに向かって手を振った。エイダンと同じ赤い髪をしていた。エイダンは、アメリカで絶対野球をやるんだってきっぱりと言った。ステージではまだスライドショーをやっている。最後のほうになって、二回、ぼくが映った。ひとつは、英語のクラスのウィルソン先生とターミナとぼくが一緒に写っている写真。クラスの男子がいっせいにぼくを振り返ってニヤニヤした。もうひとつは、ステージでお辞儀をしているピーピー。ぼくは、お父さんとお母さんが座っているほうを見た。お父さんが、お母さんに何か話しかけていた。

校長先生のあいさつのあと、卒業証書をもらった。やっぱりMasato Andoって書いてあった。全員が証書を受け取ると、校長先生の「本年は、四十七名の卒業を認めます」という言葉が終わるやいなや、いきなり在校生が踊り出して、フラッシュモブだなって卒業生も気づいた。めずらしくスーツにネクタイ姿のオキーフ先生のプレスリーのギター演奏に合わせてその場の全員が踊りまくった。父母席にも伝染して、ホールのほとんどの人が踊りまくっていて、あちこちで拍手と人の波が立った。音楽が止んで、オキーフ先生が「着席」の合図をすると、みんなふうふう言いながらまた席についた。

「最後に、各賞の発表と表彰です」

息を切らせたジェイクがステージに上がって、手に持った紙を読み上げる。

「成績優秀賞、ケルヴィン・チョウ。父母会会長アンドリュー・マクミラン氏より賞金200ドル」

ケルヴィンがまたなんでもないっていう顔をして賞状と賞金をもらいに立ち上がる。みんな、ちいさなため息をもらす。ケルヴィンはこの賞をもらって当然だって思ってるからだ。ケルヴィンが男の人と握手すると拍手が起こった。

「スポーツ奨励賞、アナ・ジマー。オーチャード・クリーク・レイジャー・センター所長ミカエラ・ハイデン氏より奨励金100ドル」

アナはこの学校の生徒のなかで一番背が高い。男子より頭一つ高くて、おとなしいのにすごく目立つ。ネットボールをしているらしい。いつも背中を丸めて歩いているのっぽの女の子っていうイメージしかぼくにはなかった。アナが自分が呼ばれたのに驚いて、女子のきゃあきゃあいう甲高い声のアーチをくぐり抜け、顔を真っ赤にして前に出て行った。

「コミュニティー・ボランティア貢献賞、ジャロッド・デクレッツアー。オーチャード・クリーク・シニア・ソサエティー会長ジョン・ライアン氏より賞金150ドル」

ジャロッドがなんのためらいもない様子ですっと立ち上がった。銅像みたいだ。ジャロッドは小学校の制服を着ていなければ、小学生に見えないと思う。頭の中も顔かたちも体つきも、十八歳っていってもおかしくない。みんなが、来年はジャロッドがオーチャード・クリーク・ハイの七年生のキャプテンになるって噂している。ちいさなささやき声があちこちで泡のようにはじけたあと、水を打ったような静けさが、ジャロッドの背中のあとに続いた。

「最後の賞の発表です。オーチャード・クリーク・ライオンズ・クラブ特別賞、マサァトゥ・アンドゥ。ライオンズ・クラブ会長ピーター・カバナ氏より賞金200ドル」

一瞬、会場が凍り付いたようになった。あのメンテナンスのおじさんのピーターが、今日はスーツにネクタイ姿でステージにつづく階段を上がっているのが見える。ヒゲもそってある。長い白髪はうしろで束ねてあった。

「おまえ、呼ばれてるぜ」

となりのエイダンがぼくの肩を小突く。ざわざわとみんなの声が沸き立ってきた。

「マット！」

ジェイクがステージからマイクでぼくを大声で呼んだ。ぼくはそれでやっと自分が呼ばれているってわかって立ち上がったけど、それ以上動けなかった。マット、早く行けよ！　みんながぼくをせかすけど、動けない。

「マサァトゥ・アンドゥ！」

こんどは校長先生にマイクで呼ばれた。お願いだから、その名前で呼ばないでほしい。繰り返さないでほしい。やりなおしさせないでほしい。

マット、行けよ！　マット、おまえだってば。マット、早く。みんなのかけ声に導かれるように、ぼくはステージに向かってはじめはゆっくりと歩いた。マット！　マット！　マット！　心臓の音が速くなってくるにつれ、だんだんと小走りになった。マット！　マット！　マット！　全速力で階段をかけあがった。マット！　マット！　ステージにたどり着いた。

ピーターが賞状と賞金の入った封筒を手渡してくれた。ピーターの手は顔と同じくらい日焼けしていて、ユーカリの木の皮のような輝く黄金色だった。

「ありがとうございます」

ぼくがお礼を言って握手しようと手を差し出すと、ピーターは黄金の片手でぼくの手をしっかり握って、もう片方の手でぼくの頭をくしゃっとなでた。

卒業式が終わったあと、表に出て、オーチャード・クリーク小学校の校章のプリントされた風船をもらう。みんな、サインペンで自分の名前と将来の夢を校章の上に書く。ケルヴィンは「建築家　ケルヴィン・チョウ」、ノアは「ウィルキンソン造園・園芸　ノア・W」、ジェイクは「サッカー選手　ジェイク・コーエン」。みんなお父さんやお母さんたちに囲まれて合図を待っていた。お父さんがぼくを見つけてそばに来た。お母さんもお父さんのあとからついてきた。校長先生の「Let it fly!《飛ばせ!》」でぼくもみんなと一緒に自分の風船を放った。

「Masato」。ぼくの風船は回転しながら、空高く飛んで、風にさらわれてすぐに見えなくなった。

ホールは人でいっぱいだった。子供はお菓子やジュースを持って遊んでいたし、大人達は特別に用意されたテーブルに集まっていた。子供も大人も全員、口を動かして食べるなり飲むなり話すなりしていて、人の声が何重にも音楽のように鳴り響いていた。ホールの一角にパーティープレートが置かれた場所があった。その一箇所に人だかりがしていて、ぼくもケルヴィンやノアたちと見に行くと、子供が列を作って並んでいた。コアラのかたちをしたパンをもらってる。お母さんが昨日の晩、徹夜で焼いた動物の菓子パンだった。なかにはカスタードかチョコレートのクリームが入っている。ぼくはもう何回も試食させられていたから食べたくなかったけど、ケルヴィンもノアも食べたいって列に並んだ。コアラパンはあっという間になくなった。もらえなかった小さな女の子が床にひっくり返って泣いていた。お母さんは空のお皿を片づけた。あのお皿には見覚えがあった。引っ越しの段ボール箱のなかに残っていた一枚だ。大きすぎて戸棚に入らなかったたって言ったら、これね、こっちでお客さんをお招きしてホームパーティーをすることがあるかなって思って、特別に買って送った大皿なんだけど、結局そういうことはなかったわね、ってお母さんはため息をついていた。お母さんにだれか話しかけている。お母さんはぼくを見つけて、手招きした。ぼくが行くと、サムのお母さんが早口でさらになにか言いたそうにしていた。

「真人。この人がなにか言ってるんだけど、早口でわからないから通訳して」

ぼくは言われた通りに通訳する。サムのお母さんはオーチャード・クリークのショッピングセンターにカフェテリアを持っていて、さっきのコアラの菓子パンをぜひ自分の店に置きたいので、作ってくれないか、というのだった。

「あんなかわいらしいパン、見たことがないわ！　ふわふわしてておいしくって！　しかも、なかにカスタードがはいってるなんて！　お客さんが喜ぶと思うのよ！」

サムのお母さんはすごく興奮している。私はロレインです、って今度はぼくの通訳を無視してお母さんに話しかける。これくらいはお母さんだってわかるので、ぼくは放っておく。おかあさんは、おずおずと私は遼子《りょうこ》です、って自己紹介した。リヤウコ、ってサムのお母さんは呼んだ。

補習校で日本語を習っていても、家で英語しかしゃべらない子は「りゃ、りゅ、りょ」が言えない。だから、お母さんの名前は災難だなって思った。もう少しこっちにいたら、友だちみんなから「リッキー」とか「リア」とか、そこらへんのあだ名をつけてもらって呼んでもらえると思う。ぼくみたいに。サムのお母さんは、ぼくがリヤウコは明日東京に帰りますって言うと、ものすごく残念がっていた。ここでベイカリーを始めたらいいのに、とまで言っていた。でもときどきはこっちに来るんでしょう、そのとき、うちの店に寄ってくれると嬉しいわ。

ぼくは通訳しながら、お母さんってすごいなって感心してしまった。あとからあとから人が来る。コアラのパンはもうないんですか？　あのパンを作ったのはあなた？　マットのお母さん？　たちまち他のお母さんに取り囲まれてしまった。お母さんはあんまりしゃべれなくても、友だちを作れるじゃないか！

お父さんがそばに来た。真人、メンテナンスのおじさんってどこだ？　推薦状のお礼をいいたいって言うので、ぼくはケルヴィンやノアにピーターを見かけなかったかきいてみる。帰っちゃったんじゃないかな、ってノアが言う。

「今日、日曜だもん。ピーターは農業団体の顧問もやってて、昼からぼくのお父さんもライオンズ・クラブに集まるんだ。ビンゴやるんだよ」

そんなのきいたことがないぞ、ってぼくは目を丸くした。

「ピーターはいまは学校のメンテをボランティアでやってるけど、庭のことならなんでも知ってるんだ。前はオーチャード・クリークじゅうの公園とか病院とか施設の庭を作ってたんだよ。リタイアしちゃったけどさ。いまも、ときどきうちにも来て、ぼくにもいろいろ教えてくれる。バラの剪定《せんてい》の仕方とか肥料の選び方とか。でも、厳しいんだよ。で、くるたびになんか怒られるから、おっかないんだよ」

それで、やべえ、なんて言ってたんだ。ノアはジュースをストローで飲みながら、ちょっと自慢そうに言った。

「ピーターのおじいさんがこのオーチャード・クリークの街を作ったんだよ。ぼくのひいひいおじいさんと一緒に」

夏休み、遊ぼうぜ、ってみんなで約束して、お父さんとお母さんもそろそろ帰ろうかって準備を始めたとき、同じクラスのアビーがぼくのところに来た。プロレスラーにでもなれそうな体型。ね、ちょっと、あんた来てよって相変わらず怖い。男子でもだれも手を出せないし、ましてや口答えなんかぜったいにできない。それで、ぼくがだまってアビーのあとをついて行ったら、校舎の陰からターミナが出てきた。今日のヒジャーブは青い花柄。顔の周りが花畑みたいになっている。来年は、女子生徒全員がヒジャーブを巻いてる学校に行くんだって言っていた。

「あんたに渡したい物があるんだってさ」

アビーはそう言って、来た道を引き返していった。ターミナがぴょこんと寄ってきて、封筒をぼくの胸に突きつけた。ぼくはびっくりしてひっくり返りそうになった。

「マット、いつも英語を手伝ってくれてありがとう！」

ターミナはそれだけ言って、逃げるように走っていった。ぼくは、その場にひとりとり残されて、なにがなんだかわからないまま封筒に入っていたカードを広げた。どこかで鳥がないていていて、刈りたての芝生の青臭いにおいがしていた。カードに挟んであったハート形のキャンディーがバラバラと落ちた。火でも付いたみたいに、首も頭も顔もかあーっと赤くなるのが、自分でもわかった。

次の朝、ぼくらは暗いうちに起き出した。出がけにお母さんはチロのお墓に手を合わせていた。チロにはまあくんがいたものね、ってそばにいたぼくを見上げる。家の中は静かで、玄関先にお母さんのスーツケースがあった。お母さんはほかに持って帰る物はないって言ってた。東京からここに来るときはものすごい荷物だったのに、いまは引っ越しの段ボール箱もお父さんとぼくで片づけて、すっきりしている。この家にぼくらが来て、二年近くが経《た》とうとしている。

お父さんがお母さんのスーツケースを玄関先から、車の停めてあるドライブウェイに転がしていく。灰色の背中をしたマグパイの雛《ひな》が親の黒と白の翼に隠れるようにして、庭先でミミズをつついていた。前庭はお父さんが休みの日になると芝生を刈るので、緑色のカーペットみたいにみえるけれど、このところ雨がぜんぜん降らないので端のほうから茶色く枯れてきた。この夏は、去年の夏に比べて節水レベルが厳しい。

この日の予報は三十八度。クリスマスが近いってことだ。お母さんは半袖のワンピースを着て、手にはバッグとダウンジャケットを持っている。ものすごくチグハグな感じ。ダウンジャケットは、成田に着いたらすぐ上着を着ないとかぜをひくぞ、ってお父さんがスーツケースからわざわざ取り出してお母さんに手渡していた。

　ドライブウェイ沿いに隣の家との目隠しにするために、このあいだお父さんが生け垣をつくった。生け垣は、ノアのお父さんのお店で苗を買って、ノアのお父さんに手伝ってもらって植えたけれど、まだぼくの膝の高さしかない。ドライブウェイの車庫のそばに大きな穴があいている。ノアのお父さんは枯れかかった椿を見つけて、裏庭に植え替えてくれた。このカメリアは、九メートル近くになる、こんなドライブウェイ沿いよりももっと広いところでないと、と言っていた。ノアに手伝わせて土をやわらかくする薬と肥料も撒《ま》いてくれた。裏庭の北の角、チロのお墓のすぐそばだ。大家さんにチロのお墓を見せたけど、ぜんぜん怒らなかったのでぼくは安心した。

　空港につくまで、ぼくは話さなかった。運転席と助手席では、小声でお父さんとお母さんがなにか喋ってたけれど、ケンカになりそうにないのでほっとした。「つかさ」「真人」って何回か聞こえた。「東京」「こっち」っていうのも聞こえた。夏の朝日は、ぼくらと同じくらい早起きで、車の窓ごしでも強烈な光でぼくらを刺した。

空港に着いて、お母さんがチェックインを済ませるとお父さんがコーヒーでも飲もう、って飛行機の見えるカフェに入った。ケンカしてないのに、お父さんとお母さんはケンカしているみたいに黙りこくったままだった。ものすごく気まずい。ぼくはコーラを飲みながらその場で思いついたこと、つまりこの夏の計画をベラベラとひとりで喋った。コーラは砂糖が多すぎるっていつもお母さんは文句を言うのに、今日はだまっている。ワトソンの夏期講習にジェイクと通う。ケルヴィンの家に泊まりに行く。ノアのポニーにまた乗せてもらう。サッカーの合宿。メイソンとリアムにも久しぶりに会える。

「お友だち、たくさんいるんだ、真人」

お母さんがコーヒーカップを受け皿に置いた。うん、ってぼくは答える。もう、お母さんよりお友だちのほうがいい歳《とし》よね、ってふっと笑う。ぼくをみながら目を細めた。目尻に細かい皺がいっぱい寄った。こんど七月が来たら十四歳だな、ってお父さん。

「そうよね、ほんとうに、そうなのよね。こっちでは、急いで大人にならなくっちゃいけないみたいね」

お母さんは、夕方にはもう東京、地球は狭いわね、って立ち上がった。お父さんもつられたように立ち上がりながら、ちょっと笑った。

「そうとも。地球は狭い。でも、世界はやっぱり広いもんさ」


天井から床まである銀色の自動ドアのまえでぼくらは立ち止まる。ドアの両脇にはフライトの目的地、出発時刻や到着時刻の表示された電光表示板が並んでいる。そこにいる人たちはだれもかれも、劇の登場人物みたいだった。自分と相手とこの場所だけに全神経を集中させている。お客さんはいない。息子らしい男の人を笑顔で見送った女の人が、ドアが閉まってから、涙をぽろぽろこぼしはじめた。だんなさんらしい男の人に背中を優しくさすられながら、退場。大家族がドアをくぐる。たったひとり残された若い女の人は、ドアが閉まってからも手を振るのをやめない。お母さんがくるりと振り返った。

「じゃ、まあくん。お父さんとふたりでしっかりね。新しい学校も、がんばってね」

うん、ってぼくはなるべくふつうに答える。

「あなた。真人のこと、よろしくお願いします」

お母さんはお父さんに頭を下げた。お父さんも、つかさのこと、三鷹の家のこと、よろしく頼む、って頭を下げる。

「まあくん。冷蔵庫に、グラタンのもとを作っておいたから、オーブンで焼いて食べてね。冷凍室にも、レンジでチンするだけで食べられるものがたくさん作ってあるから。牛乳は腐らないうちに飲んでね。あなた、洗濯機の調子が悪いの、知ってた？　どうせ帰るって思って、中古を買ったのがいけなかったのよね、この際、新しく買い換えてもいいんじゃない？　節水レベルが厳しいから、値段が高くても節水タイプのドラム式。サッカーのユニフォームも洗わなくっちゃいけないでしょ。すごい汚し方するんだもの、まあくんは」

　最後まで、いろいろ細かいなって思ったけど、うるさいとは思わなかった。それどころか、このお小言をもう少し聞いていたかった。なんでぼくらは、バラバラに分かれて暮らすことになったんだろう？　ぼくたち、このあいだまで、家族四人でご飯食べてたはずだ。みんながやりたいことをしようとしたら、こうするしかないのはわかってるんだけど。お父さんはこれから先もこっちに残って仕事をしたい。お母さんは日本に戻りたい。お姉ちゃんは最初から高校は日本って決めてたし、ぼくはワトソンに通いたいので、ここにいることに決めた。チロは、もういない。

「あなた」

お母さんがうつむく。片腕に提げていたダウンジャケットが床にふわりと落ちた。

私、これでよかったのかしら？　あなたに言われたみたいに、なにも努力してこなかったんじゃないかしら？　この国の気に入らないところばかりが気になって、文句ばかり言って。仕事もしてない、言葉もわからない、だれも私のことなんか相手にしてくれないって、ほんと、子供みたい。昨日だって、こっちの人、みんなあんなに優しい人たちなのに、私、うまくお礼も言えなかった。

「過ぎたことをどうのこうの言っても、仕方ないさ」

お父さんが床に落ちたダウンジャケットを拾って、お母さんの肩にかける。

「でも、努力すればなんとかなったと思うの」

「努力と我慢は違う。きみの場合は、我慢になると思う。きみにはこれ以上我慢させたくない。もう、自分のことを後回しにしないでくれ」

お母さんの目に涙が浮かんで、まあくん、まあくん、とぼくを呼んだ。

「やっぱり、お母さん、この国が嫌い。この国にあなたを取られた」

ぼくはだまってお母さんを見下ろす。ぼくは生まれて初めて、お母さんがかわいそうだと思った。ぼくのせいでこんなことになったのに、この国のせいにしている。

「まあくん、やっぱり、お母さんと日本に帰ろう。お母さん、今までみたいにガミガミ言わない。サッカーもすればいい。行きたい学校にも行けばいい。もう大きいんだし、ぜんぶ、あなたが決めればいい。だから、ね、ね」

お母さんは目も鼻も真っ赤にしている。お母さんのためだったら、スシってどうなれたっていい、補習校に通ってもいい、漢字のテストだってやったっていい、サッカーだってあきらめたっていい、通訳もやってあげる、でも、これだけは、どうしてもだめなんだ……！

「やっぱりお母さん、日本でしか生きていけないの。ごめんね、まあくん」

お母さんはダウンジャケットの襟元を片手でつかむと、背中をむけてドアに向かった。

「遼子」

お父さんの声にお母さんが振り返る。その場で金縛りにあったみたいにお母さんはじっと立ち止まった。そんなかなしい目、もうしないでよ。お母さん、おねがい。ぼくは、ぎゅっと目を閉じた。

すると、とつぜん、ぼくの耳元で聞き覚えのある音が聞こえてきた。しゃらしゃらとピンの雨が降る音。まぶたの裏で、生き返った蝶たちが虹色の帯となって飛び立つ。おそるおそる目を開けると、銀色のドアのすきまから、赤いジャケットの羽がふわりとひるがえるのが見えた。その赤色はぼくの目を焼いて、あたり一面紅葉が散った。聞こえる。命がけでさようならを叫ぶ声。ぼくは、しばらく耳をふさいでいなければならなかった。冷たい金属のドアが閉まって、白金の幕が容赦なく流れ落ちた。

「真人」

劇が終わる。ステージのないところでは、魔法になんてだれもかからない。子供の役を終えたぼくがいるだけ。

「帰ろうか」

お父さんがぼくの肩を抱いて、ぼくらは歩き始めた。

解説

金原瑞人

著者の前作『さようなら、オレンジ』は、アフリカから難民としてオーストラリアにやってきた女性サリマと、日本から言語学者の夫についてオーストラリアにやってきた女性「私」の成長と精神的な自立をスリリングに描いた作品で、故郷を喪失したサリマと、異郷に住んでいることを強烈に意識している「私」の出会いと触れ合い、そして理解と共感へという展開が素晴らしい。

それほど長くもない作品で、これほど何度も胸をつかまれた……いや、胸をつかまれた……経験は、ここ数年なかった。いったい、途中で何度、本を下に置いただろう。そして、読み終えてすぐ、冒頭にもどって読み返した本も、ここ数年なかった。

すでに多くの人が指摘しているように、この小説のユニークさは第二言語としての英語をうまくテーマにからめたところにある。英語で生きることを決意した人びとが、英語を生きるようになっていく様子がリアルに、ダイナミックに描かれている。とくにこの本の場合、その「英語」が、話す・聞く、ではなく、読む・書くことに重点が置かれているのも注目すべきだろう。

スーパーで肉や魚を捌《さば》く仕事に慣れてきたサリマは、職場の仲間と馴《な》れ合うことができず、「きっとこの居心地のわるさは、ブロック体で書かれた角張ったアルファベットにあるのかもしれない」と考え、「この尖《とが》った言葉をきれいに捌いてやろう」と決心する。一方、「私」はジョーンズ先生にあてた手紙のなかで、「言葉とは、異郷に住む限り、その主要な役目は自分を護《まも》る手段であり武器です」と書きながらも、「けれど、それよりも先に表現することをやめられないのは、なにかを伝え、つながりたいという人間の本能でしょうか」と続け、音声とちがって「読むこと書くこと、つまり思考の支えになる言語を養うことは個人的でしかも、彼もしくは彼女の頭の中でさまざまに形を変え繁殖します」と考える。

この本を読んだ方は、このあと、ふたりが英語を絆《きずな》に自立していく展開に心から共感したと思う。

第二作の本書、『Masato』に話を移そう。この作品も前作と同じように、中心になっているのは成長と自立だ。

主人公は真人。お父さんが海外赴任になり、家族四人でオーストラリアにやってきた。十二歳なので日本では小学六年生になるはずだが、五年生に転入。学校では、エイダンという少年としょっちゅうけんかをしているが、友達もできる。ピアノのうまいケルヴィン、肥満体型だが虫のことには異様に詳しいノア、サッカー仲間のジェイクなど。オーストラリアにやってきて最初のうち、けんか相手にけがをさせて校長室に呼ばれてもろくに言い訳ができなかった真人も、やがてまわりの環境に慣れ親しむようになっていく。そして、サッカーチームのキャプテンに、夏のキャンプ合宿のことをきかされ、「もちろん、おまえも来るだろ?」といわれたとき、「ぼくは、ここに来てもいいんだ」と思い、「ぼくは、ここにいたい!」と強く思う。

このくだりを読んだとき、翻訳家の業というか、すぐに belong という動詞が頭に浮かんだ。辞書には「属する、一員である、なじんでいる」などの訳語が載っているが、これがやっかいだ。翻訳をしていて、出くわすたびに、頭を抱える。訳すのがじつに難しい、翻訳家泣かせの単語のひとつだ。

たとえば、レニー・クラヴィッツの I Belong to You にしても、「ぼくはきみのものだ」「ぼくはきみが大好きだ」「きみといるとうれしくてたまらない」など、いろんな訳が頭をかすめる。

リンキン・パークの Somewhere I Belong にしても、「ぼくがいていい場所」「ぼくがいたい場所」「居心地のいい場所」「ほっとできる場所」「ぼくの場所」など、いろんなふうに訳せる。Somewhere I Belong、それは『さようなら、オレンジ』で何度か繰り返される、故郷（home）なのかもしれない。

一方、I belong nowhere and to no one. は孤独を端的に表した文で、昔はやった言葉を使えば、アイデンティティを喪失した状況といっていい。『さようなら、オレンジ』の最初のあたりのサリマの心境はまさにこうだったのだろうと思う。

さっきの真人の言葉「ぼくは、ここに来てもいいんだ」「ぼくは、ここにいたい！」を読んだとき、これって、I belong here! なんだろうなと思った。

このときの真人のうれしさはそのまま読者に伝わってくる。真人の喜びがそのままストレートに胸に響いてくる。学校で言いたいこともいえず、けんかの言い訳もできず鬱屈していた真人が、ようやく belong できる場所を見つけたのだ。

ところが、ここから母親との葛藤が始まる。この展開を読んで、はっとしてしまった。英語圏に住んで、子どもを現地校に通わせている親にとって、子どもが英語を身につけていくのがどういうことなのか、じつは、この本を読むまで考えたことがなかったのだ。しかし、これはたしかに二言語の狭間《はざま》で生きている家族にとってはとても現実的で大きな問題だ。

マサトはこう思う。「みんな、あんなに英語ができたらいいって口ぐせみたいに言うのに、ぼくらが英語でしゃべると『日本語でしゃべりなさい』『日本人だろう』ってイライラした声で怒る」。十日間の夏合宿のあと、家に帰ってきたら、「日本語がぜんぜん出てこなくなってしまっていて、お父さんに英語で話しかけて」笑われてしまう。

親のほうからするとこんな感じだ。

「英語が達者になったのはいいんだけど、今度は日本語があやしいのよ」

「子供もまるでこっちの人になっちゃってるし。このあいだのオリンピック、隼斗ったら、日本じゃなくてオーストラリアを応援してたのよ？　いま帰国できても、隼斗にとっては、日本は『帰る』ところじゃなくって、『行く』ところなのよ」

マサトの母親はそれがいやでしょうがない。「あの子に英語でしゃべられると何言ってるのかわかんないのよ。自分の子供なのに何言ってるかわからないなんて！」

国も違えば言葉も違うサリマと「私」が理解し合うようになっていくのと正反対に、国も言葉も同じはずだった母親と息子が理解し合えなくなっていく。日本に帰るつもりで、現地にとけこむ必要を感じていない母親にとっては恐ろしい状況であることはまちがいない。その切実な気持ちは読者にもリアルに伝わってくる。一方、やっと現地になじんで足がかりができて、自立し始めた息子にとっては、非常にいらだたしい状況だ。そんなふたりのぶつかり合いを、『さようなら、オレンジ』のときもそうだったが、作者は容赦なく描いていく。

「土曜日にもうサッカーしちゃいけないなんて言うからだ。お母さんなんか、大嫌いだ!」真人はこう思う。そのあと、アメリカ帰りで鬱屈したエイダンが母親にむかって、「I hate you!（母さんなんか、大嫌いだ!）」と叫ぶのを聞いて、こう思う。

「I hate you がエイダンを滅多切りにしてる。いちばん言っちゃいけない言葉だって、エイダンは自分でわかっていて言ってると思う。ぼくもそうだから」

真人は大きな壁にぶつかって成長し、母親の気持ちを理解しつつ自立し、「もうひとりのぼく、英語のぼく」になる。そして、この「英語のぼく」がそのまま、この作品のタイトルになっている。

長いこと、英語圏のヤングアダルト小説、つまり若者小説を訳してきた自分にとって、この本が日本で生まれたことが、うれしくてたまらない。そして、自慢したくてたまらない。英語に訳して出版すれば、英語圏できっと話題になると思う。

『さようなら、オレンジ』と『Masato』について思うところを書いてみたのだが、自分にとっての最も大きな魅力はまだ書いていない。それは、文章の素晴らしさだ。

読みながら、これほど付箋を貼りつけた小説はない。

とくに、ノアが真人にダンゴムシを見せる場面。

「ダンゴムシはみんな、夕日を浴びて、黒い体をさらに黒く光らせていた。夜がきたら、夜空に溶けだして、ダンゴムシはダンゴムシでなくなって、ただの暗闇になる。また明日、とノアはダンゴムシにさよならを言って、またしゃがむと手のひらにいた仲間たちを地面に放す」

もう一箇所、真人がノアの父親が集めている蝶《ちょう》の標本を見る場面。ピンを抜いたら、いまにも飛んでいきそうな「生きているみたいに死んでいる」無数の蝶をながめていて、その黒々とした目に、ふと、母親の目が重なる……「すると、とつぜん、大量のピンが抜け落ちる音と羽ばたきの音が、しゃらしゃらと雨みたいに上から降ってきた。（中略）ピンから解放された蝶たちがいっせいに飛んでいった。ゆっくり目を開いて、蝶たちが虹色の帯になって出て行ったはずの窓から、おそるおそる壁のガラスの額に視線を戻すと、蝶たちはやっぱりそこで死んでいた」

このときの主人公の気持ちをこんなイメージで、こんな文章にしてしまうことのできる作家はなかなかいない。この本にはあちこちに忘れられないフレーズがある。

第三作『ジャパン・トリップ』はオーストラリアの小学生のグループが一週間ほど

日本にやってくるという話だが、ここでも小学生の視点からの印象的な文章がちりばめられている。ぜひ読んでみてほしい。

（かねはら・みずひと　翻訳家）

本書は、二〇一五年九月、集英社より刊行されました。
初出「すばる」二〇一四年九月号

集英社文庫

Masato《マサト》

2017年10月25日　第1刷　　定価はカバーに表示してあります。

著　者　岩城《いわき》けい

発行者　村田登志江

発行所　株式会社 集英社
東京都千代田区一ツ橋2-5-10　〒101-8050
電話　【編集部】03-3230-6095
【読者係】03-3230-6080
【販売部】03-3230-6393(書店専用)

印　刷　大日本印刷株式会社

製　本　大日本印刷株式会社

フォーマットデザイン　アリヤマデザインストア　　マークデザイン　居山浩二

ISBN978-4-08-745648-6 C0193